LES DAMNÉS DU BITUME

DU MÊME AUTEUR

Hip-Hop Connexion, Sarbacane, coll. Exprim', 2007
Fragments de cauchemar américain, Inventaire, 2005

KARIM MADANI

LES DAMNÉS DU BITUME

belfond
12, avenue d'Italie
75013 Paris

Si vous souhaitez recevoir notre catalogue
et être tenu au courant de nos publications,
vous pouvez consulter notre site internet :
www.belfond.fr
ou envoyer vos nom et adresse,
en citant ce livre,
aux Éditions Belfond,
12, avenue d'Italie, 75013 Paris.
Et, pour le Canada,
à Interforum Canada Inc.,
1055, bd René-Lévesque-Est,
Bureau 1100,
Montréal, Québec, H2L 4S5.

ISBN : 978-2-7144-4519-3

À ma fille Lina,
Ma p'tite femme Saliha,
pour me supporter tous les jours
(dans les deux sens du terme !)
Ma mère Fatima, mon Père
Ma sœur Fadou, mes frangins Nabil et Adil...
Que Dieu vous protège.
PEACE !

Nous sommes probablement en enfer
mais nos corps ne le savent pas
Tous les jours j'affronte des négros démoniaques
Prisonnier de cet esprit criminel
J'attends le jour du jugement dernier
Ils disent que Moïse a écarté la mer Rouge
J'ai écarté les feuilles de cannabis pour remplir mon cigare
et je m'en suis roulé un vraiment balaise

Tupac Shakur, *Blasphemy*

Il n'y a pas de second acte dans la vie d'un Américain.

Francis Scott Fitzgerald

Quand les démons veulent produire les forfaits les plus noirs,
ils les présentent d'abord sous des dehors célestes.

Shakespeare, *Othello*

1

Des résidus de coke, la voix rauque, Alfredo Garcia se confectionnait une paille à l'aide d'un vieux billet d'un dollar à l'effigie de Benjamin Franklin. Confortablement calé sur la banquette de la spacieuse limousine aux vitres teintées, Garcia sniffait la poudre disposée sur une petite tablette pliante. Il l'avait coupée avec une pincée d'Angel Dust. Le produit voyageait maintenant à toute blinde dans les canaux nasaux, rebondissant sur les hémisphères cérébraux comme une boule de flipper hystérique, percutant enfin le cortex… Le baron mexicain de la came avait la bouche ouverte, les yeux vitreux. Une complexe combinaison chimique avait comme élargi son potentiel subliminal.

La limo parcourait silencieusement les rues d'East Los Angeles : une succession monotone de palmiers asthmatiques, d'arbustes cancéreux, de magasins de chaussures discount. « Deux paires offertes pour l'achat d'une paire », annonçait la réclame. En face de Garcia, en costard de lin clair, gominé jusqu'à la rétine, un jeune seigneur local, un Mex né aux États-Unis. Octavio, c'était son blaze, observait son compatriote d'un œil neutre. Il analysait les réactions de ce putain de trafiquant de drogue qui cherchait des contacts à L.A.

Les deux porte-flingues du dealer sirotaient de l'eau pétillante. La clim ronronnait. Garcia interpella le chauffeur, qui baissa la vitre de séparation :

— Bordel ! Est-ce que tu pourrais pas trouver une station espagnole au lieu de nous casser les oreilles avec cette musique de nègres ?

Le chauffeur tiqua. C'était un Noir ventripotent. Il changea de fréquence et trouva une station latine. Facile, on était à L.A. Une bluette latino. La voix de la chanteuse, suave et sucrée, agissait comme une espèce de frein mécanique sur la cavalcade prodigieuse de la dope dans l'organisme du Baron.

— Cette chanson me rappelle ma mère.

Merde, voilà que Pablo Escobar veut nous faire sortir les mouchoirs, pensa Octavio. Rien de plus déprimant qu'un voyou qui vire sentimental.

— Elle me rappelle aussi mon premier meurtre. J'avais douze ans, et j'ai poignardé à mort l'homme qui l'avait violée. Le premier, c'est toujours délicat. Il rigola : Après, ça glisse tout seul. C'est comme un dépucelage.

Il s'esclaffa, suivi par ses deux lieutenants, qu'on n'imaginait pas une minute plus tôt être capables de rire.

La drogue irradiait les neurones de Garcia. Météorites de synthèse s'écrasant sur un cerveau lunaire. Alchimies électives, laboratoire planqué dans la jungle, chimistes pakistanais, préparatrices en masque et string, atmosphère de serre tropicale. Octavio connaissait le circuit de la came. Le voyage, l'itinéraire. Il regardait ce quinquagénaire, sportif hâlé, fraîchement sorti de prison. Il avait purgé sa peine dans une cellule quatre étoiles de Juarez, de la coke plein les narines, une deuxième bite fourrée dans le falzar, genre excroissance métallique, érection balistique, pas vraiment le genre de type à utiliser des sex toys. Un psychopathe. Un gangster homologué. Un mec avec des centaines de kilos de dope à vendre.

Alfredo Garcia alluma un cigare cubain. Il balaya du revers de la main les quelques particules de coke qui squattaient les plis de sa veste Salvatore Ferragamo. Il regarda à travers la vitre. Un palmier moribond toussait et crachait du sang. Ciel violet, nuages bas. Les carrefours d'East L.A. semblaient engloutir la limousine. Garcia suait à grosses gouttes.

Et c'est près d'une avenue distordue qu'il la vit. Son cœur semblait vouloir s'arracher de son thorax, et de l'habitacle du véhicule. Ses yeux, brouillés de larmes, brûlaient, orbites béantes, globes aphones. Elle se tenait debout à l'arrêt du bus, baignant dans un halo lumineux, la rue était couleur sépia, grain crade, mais elle rayonnait : la conception immaculée. La Madone était là, à l'arrêt de bus dans une avenue crépusculaire de la cité des anges. La Vierge Marie. Qui l'attendait. Un signe du Tout-Puissant. Son regard magnétique perçait les tréfonds de son âme.

— Freine, bordel, freine ! La Vierge Marie est là !

Il hurlait comme un dément.

Octavio comprenait que dalle au charabia du Baron. Les deux porte-flingues avaient sorti les calibres machinalement. Rien ne les étonnait. Le chauffeur pila sec et la limousine s'immobilisa devant l'arrêt de bus, dans une symphonie dissonante de klaxons et d'injures diverses et variées. Octavio regarda à travers la vitre. Il vit une jeune Chicana, dix-sept ans maximum, très belle, ultrasexy dans son uniforme de *schoolgirl*, tandis qu'Alfredo Garcia continuait de déblatérer à propos de la Vierge Marie. Électrisé par la dope, il jaillit hors de la limousine et fonça vers l'écolière. Il la prit dans ses bras.

— Merci, Maria !

La fille tenta de se dégager de son étreinte.

— Patron, les flics vont pas tarder à rappliquer, lâcha un des porte-flingues, juste dans le dos de Garcia.

L'autre gorille surveillait l'avenue. Octavio était consterné. Garcia serrait la fille entre ses bras, elle chialait. Une môme que la dope tournant en boucle dans la cervelle du trafiquant avait métamorphosée en Marie, mère de Jésus. Garcia s'était maintenant agenouillé et embrassait les baskets de la fille.

— Merci, Marie… Merci de m'avoir porté ce signe…

— Sauf votre respect, monsieur Garcia, l'interrompit Octavio, si cette nana c'est la Vierge Marie, alors moi je suis l'archange Gabriel. C'est le mélange que vous avez pris qui vous fait péter un câble. On va se faire alpaguer par les condés si on se barre pas fissa.

Garcia regardait à présent la fille avec stupéfaction.

— Tu n'es pas Marie ? Alors tu es un démon qui essaie de me piéger.

Il frappa la gonzesse avec son poing droit. Elle s'écroula. Les deux gorilles escortèrent doucement Garcia mais fermement jusqu'à l'intérieur de la limo. Octavio s'engouffra derrière eux. Il ne restait plus à l'extérieur que César, l'un des porte-flingues. Il jeta un billet de cent dollars sur les chaussures de la fille, en position fœtale, et qui sanglotait.

— T'iras te faire recoudre la lèvre chez le toubib… Mais il s'est rien passé, tu t'es juste vautrée en bicyclette, okay ?

Il entra dans la caisse, et le chauffeur bedonnant démarra sur les chapeaux de roues.

2

Hector observait les lascars qui jouaient aux cartes dans la cour du pavillon décrépi, juste devant la baraque délabrée qu'il habitait avec sa mère et Carmen, sa sœur aînée. Whittier Boulevard, une artère mythique et miteuse de L.A. Un quartier typique d'East Los Angeles : petits pavillons vétustes, stations-service à perte de vue, chaînes de magasins discount, églises, murs lézardés, officines d'encaissement de chèques tenues par des Coréens avec leur épaisse vitre en Plexiglas, et aussi des *liquor stores*, ces boutiques de spiritueux très populaires dans le ghetto.

Hector était assis sur un vieux rocking-chair grinçant, son cahier à dessin sur les genoux, un feutre rouge à la main. La boîte de feutres, à même le sol, était envahie de mauvaises herbes. Les trois types qui jouaient étaient mexicains et appartenaient au même gang. Pantalon beige large Dickies, chemise Pendleton ample, juste boutonnée au niveau du col et qui laissait apparaître des abdos de taulards comprimés dans des débardeurs blancs immaculés, Converse noires aux pieds, tatouages gothiques sur la nuque, le crâne rasé : l'uniforme du gangster. Sur le parterre jonché de cadavres de Heineken, Old English, St Ides, était posé un petit banc d'haltères et un ghetto blaster*[1] crachait une diatribe épidermique de Kid Frost, un rappeur chicano du coin. Les rimes toxiques rebondissaient sur une basse aquatique, la ligne de batterie sous-marine s'insinuait jusqu'au plus profond des conduits auditifs. Le phrasé du MC massait les plexus solaires. L'un des types leva les yeux de sa partie de poker et pointa un doigt sur Hector.

— Hé, *ese** ! Tu me dessines pour le jour où t'auras à réaliser ma fresque commémorative ? Il attrapa une bouteille de bière maltée et avala goulûment le liquide ambré. Ce mec porte la poisse. Il t'observe, dessine ton portrait et tu te fais plomber.

Hector continuait à dessiner. Son feutre croquait l'asphalte et les personnages qui gravitaient autour. Son trait bavait l'essence crue de la rue, dégoulinait de la chair et de l'âme de ces gens, son peuple, les siens. L'encre indélébile constituait un carburant de première bourre pour faire décoller son imaginaire, ça s'étalait sur les grands murs bleu pastel, des blocs de lettres enflammées, profanation de l'alphabet, calligraphie, on était en Californie, mon frère-Killafornia, lettrages en forme d'outrage, esquive le manque de perspective, Hector n'en avait rien à foutre de toute cette merde impressionniste, il redonnait de la dignité aux morts. Sur chaque « Hall Of Fame », il inscrivait bien sûr les dates de vie et de trépas, agrémentées des trois lettres REP : Repose En Paix. REP, REP, partout les mômes apprenaient l'alphabet en commençant par le début, ABC, une logique déconcertante, mais ici on fumait l'alphabet à l'envers, REP, Ressuscite et Punis.

1. Les mots suivis d'un astérisque renvoient à un glossaire situé en fin d'ouvrage.

Chaque âme avait droit à son mur. Dans cette partie de la ville, c'est pas ça qui manquait. Un gros dealer avait droit à un triptyque, trois séquences de sa vie, Ascension, Chute et Rédemption dans la mort. La famille achetait les meilleures bombes, les marqueurs les plus performants. Quand Hector peignait, c'est tout le bloc qui sortait, comme à une fête foraine. Les adultes buvaient de la St Ides, les mômes bouffaient des Churitos et avalaient des cannettes de Dr Pepper et de Root Beer. Les grosses pointures, ceux qui avaient vécu une vie en cinémascope, il leur réservait des effets clinquants, des couleurs criardes, une 3D mièvre et décalée, comme un film d'Ed Wood. Les petits soldats, ceux qui s'étaient fait tirer dessus pour un sachet de crack, il leur faisait aussi un beau mur, il réutilisait les bombes de qualité que ses riches clients lui avaient filées. Petit soldat de la rue ou seigneur de guerre, fantassin de l'asphalte ou général cinq étoiles du crime, tous méritaient de la reconnaissance et de l'amour sur un grand mur. Sur le mur de la gloire, la hiérarchie criminelle n'avait plus aucune espèce de foutue importance. Seul le respect du défunt comptait.

Un jour, un client lui avait demandé de peindre un défunt chevauchant une moto en diamant à travers des nuages d'or, sur un fond de coucher de soleil ardent orangé, avec toute une flopée de jeunes gonzesses à oilpé, toutes sorties d'un comic book de seconde zone, d'une série Z style *Barbarella et les vampires de l'espace*. Une fresque grotesque, absurdité gargantuesque, Hector n'était que l'architecte de leurs rêves, le Michelangelo du ghetto assassine la chapelle sixteen, mon pote, à seize piges, encore en vie, expose en peintures les ratures, fractures, cassures de leurs vies.

C'était l'artiste du quartier, seize ans et toutes ses dents, spécialiste de la fresque murale commémorative. Il se faisait de la thune comme ça. Ton meilleur soldat se fait buter dans la rue, tu peux être sûr qu'Hector saura magnifier sa gloire, sur un mur du district. Pour une cinquantaine de dollars, plus les bombes aérosol, Hector fera apparaître le défunt sous son meilleur jour. Les balles ont amoché le visage, mâchoire écrabouillée, yeux arrachés à leurs cavités, les légistes ont pratiqué une autopsie – un nom bizarre pour dire qu'on analyse la bile, les fluides et les viscères, c'est la science qui mène sa guerre intestine contre le crime, découpage du corps au scalpel, incision du thorax au pubis, sciage de la boîte crânienne, couture du corps après l'examen médico-légal –, tout ça n'a jamais vraiment existé quand tu regardes le portrait de ton soldat, auréolé de lumière, les traits resplendissants, avec une paire d'ailes qui semblent le tirer vers une immense voûte dorée, une voie lactée vers le paradis-promesse d'une aube nouvelle. Un jour, il avait même peint un défunt dans une Cadillac rose, tirée par des chevaux blancs, escortée par des sirènes voluptueuses et des licornes. Un truc un peu Heroic Fantasy : le lascar assassiné aimait bien les films genre *Dark Cristal* ou *Conan le Barbare*. La nuit, Hector avait des insomnies. Il psychotait sur les fresques murales, comment trouver l'inspiration, le lettrage parfait, l'iconographie la plus explicite ? Mur de gloire, mur de lamentation. Hector aimait bien peindre pour les dealers morts au champ de bataille, leurs amis payaient bien.

Il coloria la chemise de l'un des gangsters-joueurs-de-poker en bleu et noir. Il photographiait mentalement le mec, prenait des clichés : la façon de sourire, un regard appuyé, un rire franc. C'était ce genre de détails qu'il fallait restituer dans la mort, sur le mur.

Les dealers aimaient les motifs religieux. L'un d'eux, encore en vie, avait croisé Hector dans le parc et lui avait demandé de le représenter en Jésus-gangster, avec une croix et un Uzi dans chaque main. D'autres voulaient des anges blonds à leurs côtés. Hector faisait tout. Lettrages gothiques, pièces en 3D, style décontracté typique de la côte Ouest, cartoon, débauche de couleurs ou bien minimalisme conceptuel. Hector grattait page sur page.

Quand il eut décidé quel style de peinture il ferait pour les trois morts-vivants qui jouaient aux cartes dans la cour, il rangea son carnet et ses feutres et se dirigea vers sa maison. Sa mère avait préparé le repas et il était temps de se mettre à table.

3

Emilio Alvarez et son coéquipier Frank Castle travaillaient au corps un indic du nom de Snake. Ils étaient dans un petit *diner* du côté d'Almareda. Le patron faisait mine d'ignorer les deux flics, il continuait à laver ses tasses à café. Snake baratinait les deux flics. Okay, un bruit venu de la rue disait qu'Alfredo Garcia était de retour à Los Angeles. Mais ça pouvait tout aussi bien être des tuyaux percés. Emilio connaissait la psychologie particulière des indics, des donneuses, des balances, des informateurs. Une histoire de traumatisme congénital. « Freud est un fraudeur dans sa propre psychose », une tirade qui s'étalait en grosses lettres argentées sur un mur lézardé de la ville, aperçue furtivement depuis la vitre de sa bagnole, en apesanteur au-dessus d'une autoroute à six voies. Une phrase sibylline qui lui avait trotté dans le cortex pendant des semaines. La pensée tortueuse d'un artiste aérosol torturé ? Probablement.

Snake portait une veste de l'armée américaine, un jean ample et une paire de Timberland. Emilio arborait une veste en lin sur un débardeur noir, jean noir et basket Avia blanches. Frank Castle, un Noir costaud et déterminé, affichait le style *laid back** des stups : veste de combat, T-shirt marron, jean et basket Nike.

Garcia est de retour. Garcia : une énigme, un mystère. Une légende du système carcéral, de Folsom à San Quentin. Le mec qui avait dirigé la mafia mexicaine dans les années 70, le boucher de Juarez, l'égorgeur de Tijuana, l'exécuteur d'East L.A. Des générations d'agents des stups avaient essayé de le coincer, en vain. Le mec était insaisissable. Impossible de le serrer pour fraude fiscale, le type n'avait pas de patrimoine, pas d'argent à la banque. Garcia : une équation mathématique à plusieurs inconnues, une diagonale du fou dévalée en sens inverse, un fantasme dans la tête d'un joueur d'échecs schizophrène. Et puis Garcia avait disparu de la circulation. Jusqu'à son arrestation au Mexique pour une histoire de mœurs. On disait qu'il était rangé des voitures depuis sa libération anticipée. Des conneries tout ça, pensa le flic chicano.

Emilio enfonça son doigt dans la poitrine de Snake.

— Si un gus cherche un kilo ou même cinq cents grammes de coke, tu nous préviens direct, okay ? Si tu vois qu'un lascar est passé de la weed* à la blanche, tu nous préviens. On veut tout savoir. Si Garcia est en ville, c'est qu'il a quelque chose à fourguer.

Emilio avait mal au crâne. Une migraine de plus. Il demanda un verre d'eau à la serveuse fatiguée, sortit un tube d'aspirine. *Painkillers*. Il aurait aimé se dissoudre dans l'eau, comme le comprimé. Tuer la douleur, c'était un vaste programme. Le poids du monde qui pèse sur l'arrière du crâne. L'effervescence d'une défonce. Il regarda son visage dans la glace : un jeune type, plutôt beau gosse, mexicain, usé, des cernes, une barbe de deux jours. Il avait l'impression de regarder quelqu'un d'autre.

— Bon, Snake, t'as pas intérêt à te foutre de notre gueule. On veut des renseignements sur Garcia et vite, lâcha Castle d'une voix bourrue tout en lui fourrant un billet de cinquante dans la poche.

— Eh, les gars... Soyez pas radins. J'ai des frais, balbutia l'indic.

— Quand t'auras des tuyaux intéressants, le coupa Emilio.

L'indic s'était cassé. Les deux flics buvaient de la Miller High Life.

— La petite réserve de cash à indics est bientôt à sec... Snake va pas continuer longtemps à prendre des risques pour des cacahuètes, dit Castle. Ce mec est le plus précieux de nos informateurs.

— Tu proposes quoi ?

— Je connais un spot de vendeur d'herbe sur Pico... Le commerce tourne d'enfer.

Emilio fit mine de se boucher les oreilles.

— Je veux pas entendre la suite, cabotina Castle.

— Écoute, mec, c'est du tout cuit.

Trois Mexicains sur Pico, près d'un terrain vague, lui-même coincé entre deux bretelles d'autoroutes. Depuis leur Datsun caramel, les deux flics reluquaient à la jumelle le manège des trois botanistes. La weed était planquée sous une grosse pierre, près d'un mur lézardé et tagué. Les voitures allaient et venaient. Des gosses de Venice, Santa Monica, West Hollywood, des cadres surmenés, des assistantes de direction stressées, ils cherchaient tous de la bonne verdure. Les vendeurs portaient des pantalons cartonnés* beiges, des chemises à carreaux Pendleton et des Converse. Crâne tondu, tatouages, essentiellement des représentations du Christ et des numéros de rue. Probablement des membres des Latin Lingos. Emilio déchiffrait les tatouages comme un conservateur de musée expertise une œuvre d'art. Un barreau tordu, c'était la sortie de prison, le cœur fendu d'un poignard, une salope autrefois aimée et qui avait trahi, le serpent avait un genre de signification métaphysique, la damnation, la mortification, l'enfer, les braises et l'ascèse. Les types parlaient, riaient. L'un d'eux alla chercher une bouteille près de la planque, de la bière Old English, il en versa un peu sur le sol, en hommage à des potes décédés. Une tradition venue d'Afrique et qui perdurait dans les artères borgnes de Los Angeles. Emilio avait lu un truc là-dessus. La bouteille passait de main en main, les types décompressaient. Emilio colla le gyrophare sur le toit de la Datsun et la voiture fondit sur le groupe. Les trois dealers détalèrent dans la même direction. Une foutue erreur, pensa Emilio. La voiture leur barra le chemin et les deux Glock 9 millimètres brandis par les flics avaient un fort pouvoir de dissuasion dans la rue. Le Glock, c'est un peu la Rolls-Royce du flingue. Les mecs s'étaient pétrifiés sur place.

Emilio tenait en joue les trois types qui grommelaient des insultes, pendant que Frank leur passait les bracelets. Il leur intima l'ordre de se mettre à genoux. Il les fouilla et trouva sur chacun des types un flingue chargé. Il lança les armes sur la banquette arrière de la voiture et s'avança vers la planque. Il s'empara d'un gros sac de papier brun, bourré à craquer de billets verts. L'un des Mexicains cracha lorsqu'il vit le flic noir avec le paquet de fric dans la pogne. Castle lui donna un coup de pied dans le dos, il tomba lourdement.

— Hé, les gars, faut pas manquer de respect comme ça ! Votre pote il a déconné. On pensait juste prendre le fric, mais là on va aussi faire main basse sur la beuh…

— Vous êtes des pourris… Juste bons à dépouiller les dealers, cracha l'un des jeunes voyous.

— Voyez-vous ça, lâcha Emilio. Ces honorables citoyens, ces travailleurs intègres qui fulminent contre l'iniquité et la corruption du système…

— Tu fais honte à la Raza*, lança le jeune type.

— La Raza ? Tu crois qu'un Mexicain doit nécessairement vendre de la dope et entrer dans un gang pour faire honneur à la Raza ? C'est des conneries tout ça…

— T'es comme nous… T'es qu'un criminel avec une plaque et un flingue.

— Porte plainte. Va voir les Affaires internes, explique-leur que tu passes entre huit et quatorze heures par jour dans la rue à vendre de la marijuana, dis-leur combien tu t'échines à payer tes taxes, tes impôts… Frank, détache ces connards, et rends-leur la weed. On garde les flingues. S'ils ont déjà servi, vous êtes dans la merde, les gars. Dans une semaine, vous jouez au basket avec les Nazis de la Fraternité aryenne dans la cour de San Quentin.

4

Le lycée James A. Garfield. Le seul lycée pour tout East Los Angeles. C'était tendu. Tous les gangs du secteur donc inscrits dans ce bahut. Et c'était plus vraiment l'époque du film *Stand and Deliver*, au début des années 80 : l'histoire vraie d'un prof de Garfield qui avait inventé une méthode de calcul révolutionnaire. Dans ce temps-là, les Latinos caressaient encore l'espoir de s'arracher à cette spirale infernale de violence et d'autodestruction. Voilà un mec qui se pointe et qui explique aux lascars que la vie ne se réduit pas à une fusillade en bagnole ou à une couleur de bandana. Qu'un Mexicain peut devenir astrophysicien s'il s'en donne la peine. C'était il y a longtemps.

Entre Mexicains et Salvadoriens, ce n'était pas vraiment le grand amour œcuménique. Les gangs pullulaient. Les mecs avaient importé une culture ultraviolente de leur Tiers Monde. Fier Monde. Comment adhérer à un truc aussi immonde ? La guerre des mondes. Hector s'en foutait, en vérité. Il pouvait discuter avec un Salvadorien, ça ne l'effrayait pas plus que ça. Mais, dans le quartier, les embrouilles entre bandes avaient atteint des pics d'hystérie et des sommets d'absurdité : ça donnait du boulot à Hector, avec parfois une demi-douzaine de fresques commémoratives par mois. On était arrivé au degré zéro de l'écriture. Communication malade, avec des milliers de métastases sous les phrases. Il pouvait compter sur ses potes Ray Dog, Tito234, Eugène145, Alpha232, un posse* de graffeurs qui avaient rejoint le gang des Locos. Sans oublier Lil'Manny, Big T et les autres. Hector était pratiquement le seul adolescent de son quartier à ne pas avoir intégré un gang. Les mecs savaient qu'il n'était pas un dégonflé, mais ils connaissaient tous son frère, Emilio. Un agent des stups, *Narcotique Bureau*, chargé d'interpeller tous les cocaïne-cuistots, les cracks en base libre, free base* frérot, quand la coke mute en caillou, doses à cinq dollars, tu slalomes entre zonzon et zombies quand t'as goûté à ce fric-là.

Quelques Salvadoriens du lycée avaient juré de liquider Hector. Liquider, trucider, refroidir, exploser, caner, flinguer, éclater, atomiser, annihiler, buter, dézinguer, allumer, fumer, zigouiller, trucider. Hector se demandait ce que ça faisait de pourrir sous terre, l'état de putréfaction, de décomposition, les racines qui poussaient à travers vos entrailles, et les vers qui se repaissaient de vos organes. Il songea à un papillon mort, à un scarabée écrasé par une pierre plate, une colonie de fourmis à l'assaut d'un fruit pourri. Pas le genre de nature morte à foutre sur un mur. Essaye de dessiner un soldat assassiné avec en fond des insectes cocaïnomanes qui lui bouffent le cerveau, et tu peux être sûr que le gang va t'effacer de la surface de la terre. Ces connards sont demeurés, ils ne connaissent pas Charles Burns.

Ce qui était pénible dans ce lycée, c'était l'heure du déjeuner, de la récréation et de la sortie. Ça offrait trois occasions de circuler librement dans les couloirs, la cour et le réfectoire, trois occases de se retrouver avec une lame sous la gorge, un flingue sur la tempe, une bouteille dans le cul.

En ce moment, Hector lisait *La Métamorphose* de Kafka. Un bouquin qu'il avait chopé à la bibliothèque du lycée. Personne avant lui ne l'avait emprunté, lui avait certifié la jolie bibliothécaire. C'était l'histoire d'un type qui, jour après jour, se transformait en un gigantesque insecte. Hector, le soir, dans sa chambre, observait ses pieds et ses mains, son ventre et sa poitrine à la recherche de pinces, de ventricules, d'opercules, de dards. Il devenait dingue parfois. Le bouquin avait stimulé son imagination déjà fertile.

Merde, il lui fallait un calibre. Il avait pensé au flingue quand il avait été bousculé par quatre Salvadoriens, dans la file du réfectoire. Le vigile, un Antillais éthylique, n'avait rien remarqué. Il fallait qu'il contacte ce graffeur blanc, Oscar453, un type qui prenait des amphètes, une quête d'esthète et des songes narcotiques plein la tête. Oscar lui avait parlé d'un Caucasien dans *downtown* qui vendait des bêtes de flingue. Il pouvait pas acheter d'artillerie dans son quartier, car son frère était au courant de chaque transaction. Un type vend des magnétoscopes tombés du camion, Emilio est au parfum. Un type achète une grenade, Emilio est au courant. Un type a le cancer, Emilio compatit. Son frangin, son *hermano**, il savait tout. C'était son job. Une agence de renseignements sur pattes.

Le vigile tituba en direction du buffet. Un élève lui lança une épluchure d'orange sur la nuque. Il se retourna, furax, et regarda chaque tablée. Des rires fusaient, sous cape. Hector pensa à la vie de ce type. Après le boulot. Forcément déprimant.

5

Alfredo Garcia avait loué une chambre au nom de Sebastian Martez dans un luxueux hôtel de Downtown L.A. Il écoutait un vieux tube mexicain, tout en éclusant des verres de Martini. Il attendait un coup de fil. Il pensait à ce que lui avait dit Octavio. Le triomphe des années 90. Comme par magie, le téléphone sonna et la voix de velours d'Octavio jaillit du combiné. Il serait là dans un quart d'heure. Il voulait lui montrer un laboratoire clandestin. Alfredo se demanda un instant si la prison lui avait pris quelque chose, à part du temps, des années, des mois, des semaines, des jours, des heures, des secondes. Il contempla son reflet dans le miroir : un homme de cinquante ans, encore élégant, fringant, musclé, les cheveux gominés, le teint hâlé. Le costume Liberace qu'il portait mettait en valeur son corps puissant. Il jeta un œil à sa paire de pompes en croco, décapita un cigare, dégaina son zippo. La prison ne l'avait pas brisé. Dans le lobby, les porte-flingues de Garcia tuaient le temps en lisant les journaux sportifs. Quand le boss sortit de la cage d'ascenseur, Pedro, l'un des gorilles, posa son exemplaire de *Sports Illustrated* sur la table basse, suivi de César. Ils encadrèrent discrètement Garcia et quittèrent les lieux. Sur l'avenue, Octavio était adossé à la carrosserie d'une limousine blanche de location, attendant le trio. Une demi-heure plus tard, la voiture s'engageait dans Monterrey Park, circonscription électorale d'East Los Angeles.

— À l'époque, je crois que t'étais même pas né, on appelait cette partie de Los Angeles « Maravilla », dit Garcia.

La limousine détonnait fortement dans ces rues déglinguées. Le chauffeur, un lieutenant d'Octavio, gara la voiture dans une arrière-cour qui donnait sur un petit entrepôt. Le chauffeur déverrouilla la serrure et laissa entrer son patron et ses deux gorilles. Le laboratoire était étouffant. Octavio regarda Garcia et espéra que le Baron n'allait pas recommencer à avoir des hallucinations. *Hell-Ucinations*. Vision de l'enfer, frère. Un chimiste asiatique leur tendit des masques. Garcia était fasciné par les filles en string et baskets qui conditionnaient les sachets de crack. Elles bossaient sans rien sur le dos pour éviter la fauche. C'était aussi simple que ça. Des Amazones froides, des ogives frigides, des Noires, des Brunes, des Marrons, Caramel, Banane. Un putain d'arc-en-ciel de miss Tiers Monde. Les ouvrières du crack suaient, on ne voyait pas leurs visages à cause des masques, mais leurs yeux trouaient l'atmosphère enfumée. Des yeux durs. Près des tables où elles s'affairaient, debout, Garcia pouvait voir des fusils d'assaut M16 et M60, au cas où des dealers rivaux voudraient opérer une razzia sur le labo. Ça arrivait tous les jours. Des dealers dépouillaient d'autres dealers. Personne ne porterait plainte. Les Amazones, très jeunes – la plus vieille devait avoir vingt-huit ans –, déposaient des cailloux de crack dans des sachets de plastique, la température avoisinait les 32 degrés, certaines faisait ce job pour nourrir leurs gosses, d'autres pour rembourser les passeurs, ceux qui avaient organisé leur immigration du Mexique vers les USA.

Garcia fixait les filles, hypnotisé. Une Mexicaine aux gros seins, lèvres pulpeuses, attira son regard. Elle retira un instant son masque pour essuyer la sueur sur son front avec un mouchoir, et Garcia remarqua qu'elle n'avait plus qu'une moitié de visage. L'autre moitié n'était qu'une boursouflure béante, une excroissance volcanique, un magma de chair en fusion.

— Une fiole d'acide, jetée par un type d'un escadron de la mort à Mexico City, commenta placidement Octavio. Vous savez, c'est mon harem, vous pouvez prendre celle que vous voulez.

Garcia montra du doigt la fille défigurée. Octavio grimaça, puis dit d'une voix limpide :

— Okay, si c'est votre choix.

— Pourquoi tu t'es mis dans le commerce du crack ? demanda sans transition le Baron.

— Nous sommes en 1996. Les dix commandements du crack, les tablettes de la loi. C'est une drogue qui se vend très bien dans le ghetto. Monsieur Garcia, avec tout le respect que je vous dois, vous avez passé trop de temps derrière les barreaux. Le crack, le caillou, est une véritable épidémie qui ravage les grandes villes de ce pays depuis la fin des années 80, ce produit a changé l'Amérique, les gens deviennent esclaves de ce truc-là, la drogue du pauvre, cinq dollars la dose et la défonce ultime garantie. L'accoutumance survient dès la première bouffée de la pipe à crack, dans le ghetto, ça se vend comme des petits pains, c'est un business très très lucratif…

— C'est une drogue pour les nègres. Ne me dis pas que tu vends ça à la Raza, aux descendants des Aztèques ?

— Sauf votre respect, monsieur Garcia, je fais du business, pas de la politique.

— Tu vas lâcher ce business merdique... J'ai d'autres plans pour cette ville. D'autres plans pour nos frères... pour la Raza.

Ce mec débloque complètement, pensa Octavio.

— J'ai dix kilos d'héroïne pure. Tu vas laisser tomber ce biz de crevards, nos frères meurent dans la rue tous les jours à cause de ce caillou. J'ai un autre projet. L'héroïne va couler dans les veines d'Hollywood, des courtiers et des brokers. J'ai eu une illumination en prison.

Héroïne, man. Héroïnomane. Le mec a des illuminations, ça y est, la vapeur toxique lui est montée au cerveau, bientôt c'est plus des illuminations dont il va parler, c'est des Illumanati, pyramide, œil rayonnant et base aveugle. Bousiller des gens avec le crack ou l'héro, quelle est la putain de différence ? Pourquoi ramener ces histoires de Raza, de fierté mexicaine dans ce qui n'était au final qu'un business comme un autre ? Et voilà que Garcia le fixait, un regard oblique, comme s'il lisait dans ses pensées. Il en avait rien à foutre de ce connard d'Aztèque télépathe, il avait grandi en écoutant la musique de Tupac et Biggie. La Tarentule, la pègre mexicaine, okay, la légende, les cours de Folsom et de San Quentin, les liens du sang, mais aujourd'hui on était en 1996, plus le temps pour tout ce folklore hardcore.

Il aurait voulu lui faire comprendre ces choses mais le Baron avait quelque chose en lui qui glaçait le sang. Octavio n'avait rien d'un enfant de chœur, mais ce mec lui foutait les jetons. Il avait choisi une préparatrice défigurée avec les nibards de Samantha Fox, rien que ça, c'était plutôt déstabilisant. Ce mec avait autrefois sauvé la vie de son père, en prison. Et s'il était vrai que le commerce de crack d'Octavio florissait, il payait en sang le prix de cette réussite commerciale : chaque jour, un soldat tombait sous les balles d'un autre soldat. La concurrence était libre, déloyale et sauvage. Le père d'Octavio avait toujours dealé de l'héro, une tradition familiale, leur arbre généalogique avait d'ailleurs poussé sur le terreau fertile de la « Brown sugar ». La mère d'Octavio était comptable, très pratique pour blanchir l'argent, sa grand-mère possédait son propre réseau de distribution. Garcia alluma un cigare, tandis qu'un jeune type, habillé streetwear, s'avançait vers Octavio. C'était Armando, l'un de ses meilleurs chefs d'équipe.

— *Ese*, comment vas-tu ? le salua Octavio.

— On fait aller, mec. J'ai un souci… Oh ! Il regarda Alfredo Garcia, toujours glacial : Bonjour, monsieur.

— Je te présente Alfredo Garcia, dit Octavio.

Armando ouvrit grand ses mirettes. Alfredo Garcia ! Merde, ce type est une légende !

— Enchanté, monsieur Garcia… On m'a tellement parlé de vous ! Cette anecdote, en cabane, quand vous avez coupé la tête à un Noir avec une fourchette !

Garcia fixait Armando, visage impavide, cigare au bec. Pendant ce qui parut une éternité à Armando, Garcia lâcha un rond de fumée dans l'air.

— C'était mon dessert préféré… une tête de nègre.

Il éclata de rire. Ce rire qui secoua sa tête – son corps ne fut animé d'aucun soubresaut – parut comme désincarné aux oreilles des deux jeunes dealers. Un rire comme douloureusement échappé d'outre-monde. Les deux dealers hésitèrent une seconde – Putain de psychopathe, pensa Octavio – et rirent à leur tour, sans conviction, pendant que Garcia leur jetait ce fameux regard à vous percer l'âme et les boyaux.

6

Les rues de L.A. n'étaient pas avares en murs à peindre. Dans une ancienne zone industrielle, aujourd'hui laissée à l'abandon, Hector et son pote caucasien Oscar taguaient leurs blazes, le Oscar453 s'imprimant dans chaque interstice de ciment, de béton, tandis qu'Hector posait* Vador, son patronyme acrylique, son surnom d'artiste aérosol. Le mur martyrisé par les deux acolytes n'était pas vierge, il portait la signature d'une demi-douzaine de crews locaux, ou alors celle de posses qui habitaient beaucoup plus loin. Monterrey Park n'était pas le territoire d'Oscar453 ni celui d'Hector-Vador. Le graffeur blanc vivait sur Wilshire, et Hector représentait fièrement l'étendard de Whittier Bd.

L'adrénaline, l'excitation, plus quelques joints de marijuana – Hector était un fumeur occasionnel, Oscar mélangeait weed et speed, un mix plutôt schizophrène – avaient eu raison de la vigilance des deux artistes. Hector était même d'humeur à se fendre d'une fresque, un délire chevaleresque : Lancelot du lac ou le roi Arthur et son épée Excalibur. Oscar s'était lancé dans la représentation d'un flic robotique et accro à la morphine, qui coursait un graffeur dans une allée sombre avec, dans un ciel orange apocalypse, plein d'oiseaux du ghetto, un terme argotique pour désigner les hélicos du LAPD*.

Ça faisait déjà plus de trois heures que les deux graffeurs s'affairaient sur leurs murs respectifs. Hector planait quand il reçut un coup de poing dans la nuque. L'effet de l'herbe se dissipa immédiatement à la vue des sept lascars, un crew de graffeurs ultra-violents nommé MPKILLERS, les tueurs de Monterrey Park. Le coup l'avait presque assommé, il essayait péniblement de se relever. Un autre coup de pompe venu d'une paire de Pro Ked – il avait déchiffré la marque avant l'explosion multicolore – l'envoya dans les vapes. Oscar n'en menait pas large. Quatre types l'avaient mis à terre et le savataient. Le meneur de la bande, un enfoiré vraiment baraqué nommé Felipe et qui posait « GUNTOY », souleva Hector par le col de sa chemise à carreaux et le gifla.

— Alors c'est toi ce *puto* qui tague « Vador », et qui repasse derrière toutes mes pièces maîtresses ?

Felipe éclata de rire et gifla encore Hector. Il sortit un calibre 38 Smith & Wesson et le lui colla sur la tempe. Hector vomit, un flot de bile amer et brûlant. Felipe grimaça de dégoût.

— *Puto*, t'es de Whittier ? Et ton pote, il est pas d'East Los… C'est évident. Ce putain d'Anglo se la joue caillera.

Il fit un signe de tête à un de ses potes et Oscar fut promptement ramené devant Felipe qui l'aspergea avec une bombe de peinture violette. Oscar avait les yeux en flammes, la bouche cotonneuse, il vomit sur lui. La bouche de Felipe se tordit en un rictus menaçant.

— Alors, *puto*, t'es d'où ?

— Wishaiaaa…, bava Oscar.

— Wilshire… Okay, *puto*, tu devrais retourner à Wilshire.

Oscar se tordait de douleur, sur le parterre gris, crade, jonché de capsules de bombes de peintures, de capsules de Heineken et de cadavres de St Ides.

— Écoutez, *putos*, vous avez de la chance aujourd'hui… Je vais vous laisser la vie sauve, et vous savez pourquoi ? C'est l'anniversaire de ma mère.

Felipe fourra son flingue sous sa chemise pendant qu'Hector et Oscar continuaient de se prendre des coups dans la tête, les côtes, les jambes, les couilles.

Résultat des courses : deux pochés et une dent cassée pour Hector, une côte brisée et un tympan crevé pour Oscar. Ils se tortillaient de douleur, essayant de se relever tant bien que mal. Les MPK s'étaient barrés. Oscar chercha désespérément un point d'eau pour soulager sa rétine en fusion, il avait la gueule toute violette. Vision tragi-comique.

Hector pleurait de rage et de douleur.

— Comment on le trouve le Blanc dont tu me parlais, le mec qui fourgue des flingues ?

— Tu veux parler de M. Calibre 45 ? Il vit sur Sunset Boulevard, il s'appelle Raymond Dickinson, tu verras une boutique de produits zen, *Élévation cosmique*, ça s'appelle… Ton frangin ne le connaît pas, personne ne peut le relier à East Los. Mais fais gaffe, *home boy*, un flingue c'est sérieux. On est des artistes, pas des tueurs.

— Qui te parle de tuer quelqu'un ? C'est juste pour assurer notre protection. Il grimaça de douleur : T'as vu comment ces empaffés nous ont arrangés !

7

Armando glandait à quelques mètres de son spot de crack. Il écoutait Frank Nitty, un de ses soldats, lâcher un freestyle frénétique. Nitty tenait en laisse un pitbull féroce, qu'il avait baptisé Escobar. Il rappait, c'était son truc. Histoire de tuer le temps. Une rime pousse au crime. Aujourd'hui, les clients ne se ruaient pas sur la marchandise. Il était dix heures du mat et Soto Street commençait tout juste à s'animer. Armando contrôlait son lieu de revente comme un genre de panoptique de Foucault. Cette architecture carcérale qui permet à un individu d'observer tous les taulards sans que ceux-ci sachent qu'ils sont observés. La rue, c'est comme ce panoptique. Les dealers sont les matons et les toxicos les prisonniers. Incarcération chimique. La rue est une prison sans barreaux.

Un type arriva à sa hauteur, il reconnut Snake, un refourgueur d'amphètes. Un mec à la coule, qui payait régulièrement sa tournée au bar d'en face. Il salua Armando à la manière des Chicanos et ils écoutèrent ensemble Frank Nitty lâcher son couplet couperet.

— De la rime le scientifique/crack capsule féconde l'ovule

Triture ta matrice/métaphore obstétrique/ Le barillet du barrio/Le ténor de la coke/narcotique

Baryton/ frappé d'excommunication/

L'esthète espiègle étoile de la pègre/issu de la plèbe/ panse tes plaies/

Avec mon chimique Alphabet/ t'assassine sans hémoglobine/Cardinal de la rime/Pape de la cocaïne/

De la came de synthèse/la rue mon diocèse/

East Los mon Vatican/euphorique délinquant/

Viole la syntaxe/sodomise le Climax/

Libère cette foutue grammaire/Mon coin de bitume fume ton vocabulaire/

Le prof du crime t'apostrophe/te conditionne comme Pavlov/

Le poète aztèque viole sa conditionnelle/rien qu'en lâchant ces quelques strophes pestilentielles.

Ce mex est taré, pensa Armando. Le pire, c'est qu'il rappe pour le plaisir. Il n'en a probablement rien à foutre d'être signé. Il sera mort avant même d'avoir approché le moindre contrat.

Il boxait avec les mots. Vole comme un papillon, pique comme une abeille. C'est Muhammad Ali, qui disait ça. Le plus grand boxeur de tous les temps. Avec Roberto Durán, Oscar de la Hoya, Jake LaMotta, Wilfred Benitez… Armando était branché boxe. Le noble art, tu parles. La boxe, c'est l'instinct de survie, marquer des points avec ses poings ? Non. T'éclates la tronche de ce mec qui t'empêchait d'aller pisser quand t'étais qu'un mioche à l'école primaire. La peur au ventre, l'angoisse braquée sur la tempe, la trouille de se prendre une énième trempe. La cour de l'école, c'est ton ring, la récré est criarde, blafarde, avec des gangs, des cancres et des pitres en guise d'arbitre. Ce mec fait deux fois ta taille, il est simplement né pour t'emmerder, toute l'école braille, tue-le cet enfoiré ! Ça résonne fort dans tes tympans, dans tes boyaux et tes burnes, et ce jour-là, la rage et l'instinct de survie se mettent en branle, une mécanique folle qui magnétise ton métabolisme, le premier uppercut percute, ébranle le menton de ce salopard, psychologie de base, de rue, de cour de récré : le premier coup est décisif, incisif, l'autre balèze morfle, mais après la douleur, c'est au tour de la honte et de la haine de sécréter leurs anticorps, le mec hurle et te fonce dessus, locomotive de frustration vomitive, de tes années d'écolier le triste leitmotiv. Ta riposte est froide, tu dois apprivoiser ce monde merdique qui t'entoure, avorter tes émotions, te moquer de la cruauté, te foutre de la gueule de l'insanité, compris *carnalito* ? Crochet au foie, double uppercut, direct du gauche dans l'estomac, crochet du droit à la face, flopée d'obus dans les côtes, nuée de missiles dans la mâchoire. Tue cet enfoiré !

— Alors, *qué pasa* Armando ? lâcha Snake.

— La routine, *ese*, la routine qui nous tue lentement comme la nicotine.

Il alluma une Marlboro, et en proposa une à Snake.

— Le biz est calme. J'ai tout un stock d'amphètes sur les bras… Je mets une éternité à tout écouler ! Alors je vais bientôt me reconvertir dans la coke ou l'héro. Y a plus d'oseille dans le secteur, c'est la crise, *carnal*.

— Je vais te dire un truc… Les choses vont changer, *poto*. L'argent va recouler à flots dans les rues d'East Los. Le barrio va briller, mon frère.

— De quoi tu parles, mec ?

— Promets-moi un truc.

— Quoi ? C'est quoi ça, une putain de devinette à la con ?

— Promets-moi de ne répéter à personne ce que je vais te dire.

— Tu me connais, *carnal*. Tu sais que j'ai failli prendre de vingt-cinq piges à perpète pour cette histoire avec les Colombiens, et j'ai jamais balancé mon fournisseur.

— Je connais l'histoire. C'est pour ça que je te fais confiance.

— Alors accouche, mec.

— Alfredo Garcia est en ville.

Snake tiqua, mais ce fut un mouvement imperceptible, Armando ne remarqua rien.

— Mais Garcia est mort ou en prison, quelque part au Mexique. C'est des conneries, mec. Encore ces foutues rumeurs. Légende urbaine.

— Je l'ai vu de mes propres yeux, Snake. Dans le labo d'Octavio.

L'info cavalait à toute blinde dans les méninges de Snake. Elle parcourait les corridors cérébraux, rebondissait sur les deux hémisphères pour finalement atteindre la zone réflexive, la polarité cognitive, le Centre de Tri Ultime. Il pensa à l'argent que cette info de première bourre lui rapporterait. Alvarez et Castle allaient en mouiller leurs falzars.

— La thune va inonder ces putains de ruelles ! rêva Armando à voix haute. T'as le temps de boire une mousse ?

— Avec plaisir, Armando.

— Eh, Nitty, je m'absente un moment. Occupe-toi des clients. Et concentre-toi sur ton job au lieu de passer la journée à rapper, lança Armando en traversant

Soto Street pour rejoindre un troquet fréquenté par des putes et des macs.

Nitty lui décocha un regard furax. Snake le suivait, excité, impatient, il avait hâte de finir sa Budweiser, de se ruer sur la première cabine téléphonique qu'il verrait et d'annoncer la nouvelle aux deux poulets des stups.

8

Carmen passait de la glace sur les yeux gonflés et violacés de son frère. Marlena, la daronne, était allée faire un saut à la pharmacie du coin. Hector n'était pas fier, mais le regard de sa sœur débordait de compassion et d'amour. Elle bossait dans une boutique de fringues sur la Cienega, et économisait l'argent durement gagné pour payer ses études de journalisme. Hector se sentait mieux. Il avait pris un bon bain, mangé un cheeseburger maison bien juteux, et la douleur qui vrillait son crâne se frayait petit à petit un chemin vers la sortie. Sa mère apparut dans l'embrasure de la porte. Elle lui prépara une aspirine et un verre d'eau. Elle était furax. Le téléphone sonna. Hector avala le contenu de son verre. Marlena raccrocha le combiné.

— C'était ton frère. Il est très en colère. Tu taggues et tu traînes avec les bandes ? C'est ça que tu veux ? Finir comme ton père ?

Une douleur sourde laboura ses entrailles. Reuben. Son daron. Il purgeait perpète à San Quentin, une victime de la loi des « trois coups », *Three Strikes Law*. Le troisième crime, le troisième délit que tu commets t'envoie directement en taule pour le reste de tes jours. Peu importe que tu aies volé une pizza ou piqué une

Majorette dans un Toys “R” Us. Si t’as déjà deux condamnations à ton actif, t’es cuit mec. Le décret avait été adopté à Fresno, en Californie, quand la fille d’un shérif s’était fait allumer à bout portant par un braqueur.

Le père d’Hector était un artiste, un peintre mural, un fresquiste, il avait transmis l’amour de la calligraphie et de la peinture à son fils. Il avait aussi été un galérien qui dealait de l’herbe, était tombé dans la dope, piquouze, le truc froid intraveineuse, addiction vénéneuse. Il avait commencé à faire des casses pour nourrir la guenon cramponnée à son dos, deux arrestations, deux peines à Folsom et San Quentin. Son aîné, Emilio, était devenu agent de la DEA (Drug Enforcement Administration), et Reuben avait alors décidé de décrocher. Clinique de désintox. Il avait trouvé un job de designer dans le centre, mais il devait du blé à quelques dealers locaux. Les mecs avaient menacé de s’en prendre à sa famille. Reuben n’en avait jamais parlé à Emilio. Il avait braqué une superette sur Brooklyn Street et s’était fait chopé par les flics. Le crime, c’était pas dans ses cordes. Il lui restait maintenant le restant de sa vie à méditer sur cette triste constatation. Il tatouait les taulards, customisait les T-shirts, dessinait des cartes pour les copines et la famille des détenus. Au placard, son art était respecté. Dehors, il avait été déprécié. Hector, malgré ses seize piges, pouvait en saisir la mordante ironie.

Sa mère préparait le dîner. De la cuisine, il entendit une vieille chanson mariachi. Elle revint dans le petit salon, alla vers le sofa où il était allongé et pointa son index vers son fils :

— Je ne veux pas d’un autre criminel dans cette maison. J’ai assez souffert avec ton père. Dieu m’a éprouvée à travers lui. Elle toucha la croix qu’elle portait autour du cou : Je ne veux pas que mon fils devienne un gangster.

— Maman, Hector est un artiste, un graffeur, pas un gangster, intervint Carmen depuis sa chambre.

Elle planchait sur son examen d'entrée.

Plus tard, quand la maisonnée fut couchée, des petits coups secs retentirent du côté de la fenêtre qui donnait sur la cour. Hector, que l'aspirine avait tenu éveillé, s'extirpa de sa couverture et se dirigea vers la fenêtre. C'était Ray Dog, son meilleur pote, allongé sur le sofa défoncé posé dans la cour, et qui fumait un stick. Hector sortit sans bruit de la maison, la nuit était douce, vapeur d'herbe sucrée, coléoptères mélomanes. Ray Dog portait un sweat-shirt bleu nuit, sur un short beige de joueur de soccer qui lui couvrait les genoux, et des chaussettes beiges sur une paire de tennis en toile. Il frimait avec un bandana noué à la ceinture, tétant goulûment un gros joint d'herbe, de la « chronic », qualité supérieure.

— Alors, petite baltringue, plaisanta Ray Dog, tu t'es fait allumer par les MPK ? Alors, *vato**, quand est-ce que tu rejoins la *familia* Locos ?

— Je sais pas, *home boy*. Je sais vraiment pas.

— Les Salvadoriens de Garfield finiront par t'avoir. Et les MPK ont mis ton blaze sur leur liste. T'es foutu, mon pote, t'auras toujours la peur au ventre, au lycée, dans la rue, quand tu déchires un mur dans un autre secteur… Et, un jour, je serai obligé de peindre ton portrait sur un mur de la gloire. Hector, t'es le meilleur artiste d'East Los, t'as besoin d'une protection, *ese*, je t'en supplie, rejoins les Locos.

Hector regarda tristement une colonie de fourmis dévorer une larve.

— Je suis pas prêt, *homie*. Je suis pas prêt…

— Ouais… C'est pas évident de faire allégeance à un gang… Les rites initiatiques et tout le bordel ! Mais regarde ta gueule, merde ! Ils t'ont massacré, ils t'ont braqué un calibre sur la tempe ! Réfléchis, mec, quand tu seras prêt, tu sais où me trouver.

Il s'éloigna dans l'obscurité, fantôme phosphorescent d'une aube dépressive.

9

La migraine est ton amie. Sois gentil avec elle. Une voix dans sa tête lui disait de considérer cette douleur comme une vieille copine. Emilio était allongé sur le lit, en T-shirt et bas de survêt. Sa meuf, Dorothy, prenait une douche. Il l'entendait fredonner un refrain. Un truc pop, horrible, *The Woman In Me*, de Shania Twain. Il se massa les tempes avec les doigts. Comme dirait son collègue Frank Castle, c'est ça sortir avec des Wasp. Emilio jeta un comprimé d'aspirine dans un verre d'eau. Questionner la douleur. Quoi d'autre ? Il repensa au coup de fil de sa mère, Hector s'était fait salement amocher par un gang à Monterrey Park. La douleur le tutoya de nouveau. Son frère tagguait, c'était pas un scoop, et tous les taggueurs n'étaient pas affiliés à un gang. Mais East L.A. n'est pas un endroit évident pour élever un môme. Quand Emilio était gamin, la lame de fond de la culture de gangs, de la culture de prison emportait tout sur son passage. Les mômes étaient fascinés par ce « life style ». Il avait renoncé à cette vie en voyant son daron, son oncle, et une demi-douzaine de cousins faire des allers-retours à San Quentin, Chino ou Folsom. Emilio avait eu la chance d'avoir des modèles positifs à qui s'identifier : Enrique, son prof de sport, et John Hernandez, un flic du quartier qui lui avait expliqué l'alpha et l'oméga de la vie dans la rue. Une bible du crime. Il se souvenait de leurs conversations, de tous les gars qu'il avait alpagués. Il en avait eu le tournis, des milliers d'années de prison, des millions de tatouages, des billions d'affiliations, des milliers de *Drive By Shooting*, ce truc typiquement angeleno. L.A. avait inventé l'homicide perpétré depuis un véhicule en marche, avec une arme à feu… Sauf que son pote Frank Castle avait une autre hypothèse sur l'origine du *Drive By Shooting* : c'était Chicago, Al Capone, les mitraillettes Thompson et la Prohibition qui avaient donné naissance à ce mode d'exécution. Le téléphone sonna, sonnerie stridente qui vrilla sa cervelle, et décupla l'intensité de sa douleur migraineuse. C'était Castle. Il était surexcité. Snake avait réussi à « loger » Garcia. Les deux flics devaient se voir le plus vite possible pour décider d'un plan d'action. Il s'habilla rapidement, et décida de sortir de son appartement avant que Dorothy ait fini de prendre sa douche. Il prit ses deux flingues, son gilet pare-balles et dévala l'escalier. Il avait l'impression que quelque chose clochait. Avait-il oublié un truc dans l'appart ? Et puis l'évidence le frappa avec la pureté d'une bouffée d'oxygène : sa migraine avait disparu.

10

Hector avait passé la moitié de la journée dans les transports en commun pour arriver sur Sunset Boulevard. La boutique *Élévation cosmique* ressemblait à n'importe laquelle de ces boutiques à touristes, avec des produits zen soi-disant consommés par les stars de cinéma. Un Asiatique sans âge se tenait près de la caisse. Hector s'avança vers lui et s'arrêta à hauteur de la caisse.

— Je cherche Raymond Dickinson.

— Connais pas.

L'accent était à couper au cutter.

— Il est là, Mister 45 ?

Le visage de l'Asiatique s'illumina et il indiqua un petit escalier qui menait à l'étage. Hector gravit les marches avec une souplesse et une rapidité qui le surprirent lui-même. Arrivé à l'étage, il se retrouva face à une porte en bois. Il frappa. Un Blanc maigre, le visage d'une pâleur morbide, élégamment vêtu, apparut dans l'embrasure de la porte. Il regarda Hector qui perçut immédiatement de l'agacement dans ses traits.

— Écoute, petit, la salle de jeux vidéo, c'est de l'autre côté de la rue…

Hector brandit une liasse de billets verts. Dickinson laissa entrer le Chicano, en regardant à droite et à gauche. Hector n'en crut pas ses yeux. Une véritable armurerie. Des flingues et des fusils d'assaut partout. Mister 45 montrait du doigt les armes.

— Je n'ai que du premier choix… Je te conseille ce Ruger Super Blackhawk, un 357 Magnum. Une puissance de feu exceptionnelle. J'ai un large choix de Ruger, oui, tu as bien entendu « Ruger », je ne te parle pas des German Luger qu'on trouve partout dans le ghetto, des pistolets de fiottes, entre nous… Je te parle de ces petits bijoux que sont le Ruger P89 Parabellum, le Ruger GP-100, lui aussi est à ranger dans la catégorie des 357 Magnum… Une petite merveille de précision et de mécanique. J'ai un P38, très efficace contre toutes sortes de criminels. Ce sublime Walther PPK, l'alliance stupéfiante de l'ingénierie allemande et du génie américain, une combinaison savante de puissance et de noblesse. Le Walther PPK, en général, je ne le vends ni aux Nègres ni aux Espingouins, ni aux « dos mouillés* », cette qualité-là, je la réserve à mes meilleurs clients. J'espère que je ne t'ai pas froissé quand je parlais des Mexicains qui traversent le Rio Grande à la nage… Comme tu peux le constater, j'ai toute une série de Smith & Wesson, la Rolls du revolver, j'ai les modèles classiques, le CS45, le Shorty Forty, le Sigma. Évidemment, le Magnum 44, tu stoppes une locomotive avec ça… Tu connais le Desert Eagle ? Dans la rue, ils adorent ça. C'est le flingue de Mel Gibson dans *L'Arme fatale*. Tu pourrais décalquer un éléphant avec cette arme. Regarde cet incroyable design, la sensualité carnassière des courbes. Eh ! Je vois que tu as remarqué ce pistolet… Un classique autrichien, Glock, on l'a bien en main. Le Glock c'est un peu comme l'expressionnisme en peinture, il révèle en l'exagérant l'essence de la nature humaine. Je pourrais te conseiller ces Sig Sauer, la rigueur allemande mariée à l'austérité suisse… Le P225, c'est celui que tu tiens à la main, l'autre, c'est le P226. J'ai quelques Taurus aussi, le modèle 85, Ultralite, parfait pour un gabarit comme le tien. À moins que tu ne préfères ce petit Remington Vest Pocket… Tu le fourres dans ta veste, c'est très discret, ton prof de math aura du souci à se faire. Ou alors ce Hechler & Koch calibre 45. Tu veux peut-être un Mini Uzi ? Un chef-d'œuvre de raffinement, d'ergonomie. Nan, c'est trop costaud pour toi. Les gangs en raffolent. La puissance de feu est démoniaque. Tu veux te rabattre sur un Beretta ? Les Ritals n'ont pas inventé la roue, mais j'avoue que le Beretta est une arme plutôt sympathique, vraiment une belle arme, une superbe finition, l'obsession du détail. J'en ai un petit très compact, un flingue pour mettre dans un cartable… Mais bon, je crois que tu as eu un coup de cœur pour le Walther PPK… Je t'ai vu le tenir amoureusement, caresser le canon et la crosse. Walther, c'est super, la noblesse, l'aristocratie… Rien à voir avec vos flingues du ghetto, Baby9, Saturday Night Special… Le Walther, c'est un mécanisme extraordinaire, ce pistolet est une véritable symphonie. Si tu prends le Walther, je t'offre deux boîtes de munitions. Oh ! Tu prends le Walther. Excellent choix. La pureté des lignes, l'intelligence de la propulsion. Personne dans ton barrio ne possède de Walther PPK, j'en mettrais ma main à couper.

11

Frank Castle observait l'entrepôt à l'aide de jumelles télescopiques. Il avait une vue imprenable depuis un pavillon qu'ils avaient réquisitionné avec Emilio Alvarez et Joey Chavez, un agent des stups spécialisé dans les missions d'intérim. Un type réglo, pas fouineur, il savait garder un secret pour lui. Le taulier, quant à lui, était une petite teigne appelé Roberto Custer, un rond-de-cuir carriériste, un commissaire de police qui ne prenait jamais de risques et dont la connaissance des secrets et des mystères de la rue était proche de zéro, un intarissable sujet de plaisanterie dans les vestiaires du commissariat. Il aurait rêvé de s'attribuer l'arrestation de Garcia et la saisie de dix kilos d'héroïne. Les fédéraux auraient très bien pu s'intéresser à l'affaire et venir cueillir Garcia comme une fleur, s'attribuer tous les honneurs, avec leur attitude à la mords-moi-le-nœud, leurs costards nickel et leur arrogance légendaire. Emilio et Castle la jouaient perso, enfin, perso en équipe, puisqu'ils avaient mis Joey Chavez sur le coup. Celui-ci avait accepté : primo parce qu'il détestait Custer, deuzio parce que Garcia avait poignardé son cousin en prison, à San Quentin, dans la seconde moitié des années 80.

Emilio mangeait un donut. Castle jeta un œil à sa Seiko.

— Il fait quoi, Garcia ?

Ça faisait deux heures qu'ils surveillaient le labo. Snake avait dit que le rencard aurait lieu à treize heures. Il était déjà quinze heures et pas un gus à l'horizon avec le pedigree d'Alfredo Garcia.

— Snake nous a filé un tuyau percé, lâcha Emilio, dont le taux de stress dans le sang ne cessait de grimper. Et plus le stress envahissait son organisme, plus il sentait poindre, dans l'angle mort de sa boîte crânienne, l'ouragan d'une migraine.

Chavez faisait les cent pas.

— Hé, les gars, venez voir !

Emilio se saisit des jumelles et les braqua dans la direction du labo. Une limousine rutilante venait juste de se garer. Un homme en sortit, costard italien, lunettes noires, flanqué de deux gorilles.

— C'est Garcia, éructa Castle.

— Putaaain ! hurla Emilio Alvarez, pour évacuer la tension hors de son corps.

— On y va, dit Joey Chavez.

— On va attendre un peu, expliqua Castle. Il nous faut le flag. Il faut les serrer en pleine transaction. On va se poster plus proche du labo.

Les trois flics traversèrent la rue d'un pas alerte. Ils se planquèrent à l'arrière du bâtiment. Emilio regarda furtivement à travers une des fenêtres. À l'intérieur du labo, Garcia parlait avec un type plus jeune, un mex gominé. Rien n'avait échappé à la mémoire photographique de l'inspecteur : les Amazones en string, les fusils d'assaut près des tables où étaient conditionnés les sachets de crack, les cuves des chimistes. Il serrait fermement la crosse de son Glock. Castle se signa et vérifia que le chargeur de son flingue était bien approvisionné.

Il avait apporté un bélier. Chavez introduisit deux cartouches de chevrotine dans la culasse de son fusil à pompe. Ils enfilèrent leur coupe-vent frappé du sigle DEA, ils grimacèrent, les gilets pare-balles en Kevlar comprimaient déjà beaucoup trop leur thorax.

L'angoisse du gardien de but au moment du penalty. Emilio et Frank traquaient le baron mexicain depuis des années. Ce type avait eu un paquet d'identités : un jour, c'était le trafiquant d'héro le plus cruel du pays d'Emiliano Zapata, le jour suivant c'était un révolutionnaire visionnaire, prisonnier politique, le Malcolm X du Mexique, un leader incarcéré qui exaltait les valeurs de la « Raza », ce fameux héritage aztèque dans lequel Emilio avait baigné toute son enfance. Emilio regarda Castle, puis Chavez. Un flux subliminal parcourut les neurones des trois flics : de l'info magnétique en circuit fermé. Le signal que la partie pouvait commencer. Castle se dirigea vers la lourde porte munie de son bélier. Derrière lui, Emilio et Chavez, la plaque de condé tambourinant contre la poitrine. La lourde porte vola en éclats.

— *No te muevas !* gueula Castle.

L'effet de surprise, ça paralyse les truands. Garcia était en train d'expliquer à Octavio le circuit de l'héro du Mexique aux États-Unis quand la porte du labo jaillit hors de ses gonds, et qu'un flic noir, baraqué, pointa un flingue dans sa direction. César, l'un des gorilles, arrosa la porte de l'entrepôt d'une rafale coupante d'Uzi (il se rappela la pub qui passait sur GUN TV : « Uzi c'est pas pourri ! »), l'autre gorille fit aboyer son Glock, tandis que Garcia et Octavio se planquaient derrière la cloison qui séparait le labo proprement dit de la salle des préparatrices. Les trois flics se jetèrent à terre, roulant sur eux-mêmes tout en lâchant des pruneaux. Chavez se releva le premier et s'apprêtait à faire cracher son fusil à pompe en direction de César, quand l'Amazone défigurée, le corps en sueur, string et Nike aux pieds, se saisit d'un M60 avec une rapidité incroyable et fit feu à trois reprises sur l'inspecteur des stups intérimaire. La première balle percuta son gilet de Kevlar, la deuxième lui arracha la main gauche et la troisième lui transforma la cervelle en gelée. Alvarez hurla et tira à quatre reprises sur la furie, quatre balles mortelles qui touchèrent cœur, poumons, globes oculaires et rate. Castle toucha César entre les deux yeux, la balle le percuta si violemment qu'il tourna deux fois sur lui-même avant de retomber avec la grâce d'un pantin mécanique. Les filles du labo couraient dans tous les sens. L'une d'elles tirait avec un 45 en direction des flics. Garcia hurla quand il comprit que l'Amazone défigurée ne se relèverait jamais plus. Octavio canardait les flics depuis la cloison. Le deuxième gorille arrosait de derrière une table qu'il avait transformée en bouclier. Octavio et Garcia se précipitèrent vers la porte de service située tout au fond de l'entrepôt.

— Il se barre ! gueula Alvarez.

Les balles qui ricochaient faisaient un raffut infernal. La migraine inonda le cerveau du flic. Il avait tellement mal qu'il aurait aimé qu'une de ces balles coupe définitivement le contact. La fille continuait de tirer.

— *No te muevas cabroncito !*

Il avait déjà entendu ça quelque part. La fille avait la voix rauque, et le muscle saillant. L'autre gorille constituait un mur de feu infranchissable.

— Faut qu'on appelle des renforts, cracha Castle. On a un officier de police à terre.

Emilio tripota machinalement sa radio portative et se passa une main dans les cheveux. Une demi-douzaine de tables métalliques, de barils et de gros cartons les protégeaient du feu des trafiquants. La fille chatouillait la gâchette, la coke dans le nez la rendait surpuissante, elle tirait en rigolant, experte Aphrodite qui puait la cordite, Latine assassine, le canon de son flingue électrisant son point G, le point Gun, s'amusa intérieurement Castle. Il n'y avait pourtant rien de très drôle à se faire tirer dessus par une Walkyrie cuivrée cocaïnée. Castle jaillit comme un spectre de son cercueil de malédiction et pulvérisa la préparatrice en coke. Les balles la perforaient. Elle jeta son 45, elle se marrait, c'était flippant, la dope dans son organisme jetait un leurre à la douleur...

Une balle dans la tête. Fin du numéro de strip. Les filles se barraient de l'entrepôt. Le gorille de Garcia cavalait déjà vers le fond du bâtiment. Castle et Alvarez se lancèrent à sa poursuite. Il sortit du labo, enjamba une clôture tout en lâchant une rafale derrière lui. Une balle effleura l'épaule d'Alvarez qui pissait le sang. Castle visa la nuque du fugitif et tira. La balle pénétra dans le cou et sortit par la bouche, un tableau bizarre à la Francis Bacon, cet énorme type qui ouvre la bouche et qui a l'air de recracher un poisson rouge.

*

Le commissaire divisionnaire Roberto Custer était moitié mexicain, moitié philippin. Son côté asiatique ressortait quand il se foutait en rogne. La charge décibelique avait depuis longtemps dépassé le seuil de tolérance de Castle, mais il encaissa. Il observait son coéquipier, qu'un médecin des urgences tentait de faire allonger sur une civière.

— Votre épaule est démise, inspecteur...

— Filez-moi deux aspirines… C'est ça qui me soulagerait vraiment.

L'ambulance s'était garée en travers de la rue, comme la demi-douzaine de voitures Pie* qui avaient transformé ce coin minable en succursale de commissariat. Custer ne décolérait pas.

— C'est moi qui vais devoir annoncer à Carla Chavez que son mari ne rentrera pas à la maison ce soir… Ni aucun autre putain de soir ! Qu'est-ce que c'est qu'ce bordel ? Garcia est en ville, et je suis le dernier informé ! Qui a décidé de la jouer solo ? Lequel de vous deux a pris cette foutue initiative, a fomenté ce plan foireux qui s'est soldé par la mort de cinq personnes dont un officier de police père de trois enfants ? Fournissez-moi des explications claires ou je vous colle les Affaires internes au cul.

Alvarez tiqua. Et ce n'était pas une réaction de son organisme à la douleur qui vrillait son crâne. Les Affaires internes. La police des polices. Des salopards de flics payés pour foutre d'autres flics en taule.

— On a quoi exactement ici ? demanda Custer à un lieutenant nommé James Jiménez.

— On a cinq macchabées, dont un flic. Une chose est claire, ces types-là ne conditionnaient pas des marshmallows… Cette baraque, c'est une baraque à crack, un peu comme celles qu'on trouve dans la jungle colombienne. On a trouvé suffisamment d'armes et de munitions pour provoquer un coup d'État dans une micro-république bananière d'Amérique latine. Un détail intéressant : les deux filles à qui nos deux collègues ici présents ont fait avaler leur bulletin de naissance conditionnaient la base libre de cocaïne en string et baskets. Deux Mexicaines : Flora Albanez et Rita Murillo, vingt-huit ans pour la première, vingt-deux pour la deuxième, arrivées clandestinement aux États-Unis il y a cinq ans. Elles remboursaient probablement leur tour operator. Les deux types refroidis, c'est César Sampayo et Pedro Nunez. La paire d'enfoirés la plus dégueulasse des deux côtés du Rio Grande. Un connard de psy vous expliquerait que ces deux empaffés manquaient d'amour quand ils étaient mômes, mais mon avis à moi, c'est que leur mère les a finis avec de la pisse.

Custer sourit – enfin si un type comme ça était capable se sourire –, incitant l'autre à poursuivre.

— Ces deux gus sont surtout connus pour être des pistoleros froids comme l'enfer à la solde d'Alfredo Garcia, LE Grand Mystère, LA Légende de San Quentin... Une trentaine d'homicides chacun, un joli palmarès. Ce labo appartient à Octavio Gomez, un dealer du coin. Un type qui veut prendre de l'altitude, qui a de l'ambition. Faudra juste expliquer au proc' comment Pedro Nunez a pu se prendre un pruneau dans la nuque, de dos, alors que l'inspecteur Frank Castle ici présent nous a indiqué que Pedro s'était retourné, faisant volte-face pour tirer sur Alvarez, si j'ai bien suivi... Hein ? Et il se prend le pruneau dans la nuque ?

Castle se massa le crâne.

— Il a fait volte-face et a tiré froidement sur un officier de police.

Il venait de signer son arrêt de mort. Le légiste rejoignit les quatre flics.

— Alors toubib ? questionna Custer.

— Je n'ai procédé qu'à un examen externe, comme vous pouvez l'imaginer. Les deux filles ont été transformées en hamburgers. Emilio grimaça : Quant à Pedro Nunez, nous en saurons plus demain à l'autopsie. Je vous fournirai mon rapport dans la soirée, commissaire. Et n'oubliez pas de venir prendre un brunch avec votre épouse.

Il rejoignit sa voiture. Les types de la morgue sortaient les corps enveloppés dans des « body bag », des sacs à macchabs.

Custer pointa un doigt vengeur et tremblant sur Frank et Emilio.

— Vous êtes suspendus jusqu'à nouvel ordre. Vous donnerez vos badges et vos flingues au lieutenant Jiménez.

Il attendit que l'info remonte à la surface, avant d'achever les deux flics incriminés :

— Sans solde.

Puis, il se dirigea vers sa Pontiac en roulant des méca niques.

Ils filèrent leurs calibres et leurs insignes à Jiménez. Celui-ci les regarda d'un air méprisant.

— Vous êtes dans la merde, les gars, lâcha-t-il en marchant vers sa Crown Vic.

— Connard, grogna Castle tout en écrasant un coléoptère tuberculeux.

— T'as pas eu ton compte de cadavres aujourd'hui ? marmonna Emilio, tout en intimant l'ordre à un infirmier de lui foutre la paix.

Le type voulait serrer son bandage et lui conseillait de les accompagner à l'hôpital.

— On meurt à l'hôpital, cracha Emilio aux ambulanciers, avant que leur morgue ambulante ne démarre et quitte son champ de vision.

— On va devoir retourner sur ce spot juteux sur Pico…, dit Castle d'une voix fatiguée.

— Ouais, et cette fois, on ne leur laissera pas la weed, soupira Emilio, abattu.

12

Hector avait encore fait un des ces cauchemars customisés, un cauchemar acrylique dans lequel s'étalait en 3D des traumas et des explosions multicolores. Il peignait un mur, un mur lunaire, tout autour de lui c'était l'espace intersidéral, avec des étoiles agonisantes, des météorites aveugles et des astres éteints. Il hurla quand il finit sa fresque : le type croqué à la bombe aérosol sur le mur de la gloire n'était autre que son meilleur pote, Ray Dog. Il se réveilla en sueur, en sursaut, avec des BPM* qui frisaient les 120.

II s'extirpa de son lit, enfila un caleçon long et fouilla sa petite commode. Il fut pris d'un accès de panique lorsqu'il puisa sous une pile de T-shirts et que ses doigts fébriles ne rencontrèrent pas d'objet lourd en acier puis soupira de soulagement lorsque, quelques secondes plus tard, ses doigts agrippèrent la crosse du Walther PPK. Il se mit devant la glace et mima un échange de coups de feu. Le truc classique à la Travis Bickle. La coupe d'Iroquois en moins. Il rangea le flingue.

— Allez vous faire mettre, les tueurs de Monterrey Park.

Avec son Walther PKK, il allait leur faire un deuxième trou de balle à ces MPK. Il regarda son visage abîmé par les coups, ses yeux se posèrent sur à son cahier de croquis, prose gonflée d'ecchymoses, tuméfactions bleuâtres vaporisées par des gosses précoces, débauche d'ébauches féroces, un graff apocalyptique, une tragédie à la Falstaff. Hector avait lu la pièce, en classe de littérature. Il avait alors dessiné un Falstaff du ghetto, qui écoulait ses chèques d'alimentation à la bodega du coin, qui fumait de l'herbe et écoutait des CD bootlégués. Les bootlegs, c'est très populaire dans le ghetto. Un artiste sort un disque de rap, tu peux être sûr de trouver une copie dans la rue deux jours avant la sortie nationale. Falstaff, c'était ce vendeur ambulant qui refourguait des bootlegs, et qui allait se retrouver au centre d'un drame antique, anti-flic, balistique, statistiques du ministère de la Justice. Une petite fantaisie urbaine qui se balade dans l'imaginaire hypertrophié d'Hector. Aujourd'hui, c'est dimanche, Hector peut glander un peu chez lui, balafrer deux, trois feuilles de papier cartonné, tester des couleurs, des combinaisons géométriques, merde au lycée, merde à Garfield, c'était bon de ne pas avoir à frauder la file du réfectoire pour éviter les Salvadoriens et leur gang à la con, Los Hijos del Sangre, Les Fils du Sang. Un déluge de conneries, un tsunami d'insanités, un ouragan d'idioties. En fin de programme : une tempête de merde pour celui qui osait affronter leur colère sacrificielle. Hector regarda par la fenêtre, Whittier Bd, artère désolée baignée d'un soleil hypocondriaque, un soleil sombre, palmiers arthritiques, et la couche d'ozone amochée qui dégueulait chaque jour sur la ville de la bile ultraviolette. Hector se dit qu'il utiliserait beaucoup de violet pour sa prochaine composition murale. Le gang de sa rue, les Locos, était réuni presque au grand complet – il manquait Ray Dog et une boule ardente grossit dans l'estomac d'Hector – devant le pavillon décati du chef de la bande. Ils bricolaient une Chevrolet Impala année 67. Un classique. Chaque muscle mécanique de la bagnole tressaillit quand le mécano, un Mex nommé Lupe, alluma le contact. La suspension hydraulique était mystique : la voiture effectuait des bonds prodigieux sur l'asphalte, comme un ballon de basket. Une lubie de mécano allumé, une aberration mécanique. La caisse ressemblait à un destrier d'acier qui carburait à l'essence. Les ailerons de requin de la bagnole semblaient presque glisser dans l'écume de ce barrio océanique qu'est East Los Angeles. Yes, papi. Mate un peu les jantes galbées, du 22 pouces qui glousse, le chrome aveuglant, astiqué toute la journée, les rétroviseurs profilés, les phares ingénieusement design, les sièges en cuir, confortables, spacieux, le volant en bois de merisier, l'Impala empalait la concurrence, crucifiait les petites Japonaises et les grosses Allemandes. Low-Rider. Un truc de Chicanos. Les mecs aimaient les roues surdimensionnées, les soubresauts orgasmiques de la bagnole, frémissements de l'arbre à came, explosion érotique du pot catalytique. Il ne manquait plus qu'une chose pour faire de cette tire la Mona Lisa de l'automobile : la patte d'Hector, la griffe d'un artiste excessif, l'empreinte digitale d'un gars du barrio. Hector était maintenant de l'autre côté de la rue, bouteille de Tropicana à la main, en marcel, short de toile qui descendait jusqu'aux genoux, chaussettes de footballeur et sandales en plastique. Le chef des East Los Warriors, Johnny Ramirez, *aka** The BoogieMan, *aka* TriggaHappy, *aka* Pretty Johnny, avait cessé de frotter le capot de la voiture et regardait le jeune graffeur.

Hector but une gorgée de jus d'orange.

— Elle en jette vraiment cette caisse, dit-il, suffisamment fort pour être audible du trottoir d'en face.

Johnny Ramirez sourit.

— C'est une tuerie cette caisse, *ese*. Une hécatombe mécanique. Je sais ce que tu veux. T'aimerais la voir descendre Whittier, Indiana Ave, Soto St avec ton motif sur la carlingue ? T'en meurs d'envie.

— C'est pas faux.

— Tu sais que j'ai pas mal d'artistes qui me tannent pour poser leur motif sur ma caisse. Montre-moi des trucs. T'as des trucs à me montrer là tout de suite ?

Hector était vert. Il n'avait rien à montrer qui le satisfasse vraiment. Quelques esquisses pour des voitures, tout au plus, mais avec des motifs et des lettrages beaucoup trop vieille école.

— Nan, j'ai rien là… Mais laisse-moi deux jours et je te montrerai un truc qui déchire du tonnerre, de la balle !

— Okay, *ese*, je vais dire à mes gars d'attendre encore un peu. C'est le meilleur qui l'emporte !

Un type fit fonctionner le ghetto blaster. Un vieux morceau de Donald D retentit dans la rue.

— Hé, ça c'est du bon vieux rap d'OG à l'ancienne, Original Gangster, lâcha Ray Dog qui venait d'arriver, accompagné de sa meuf, Carmila.

Il salua les Locos et traversa la rue.

Hector pâlit en voyant le voyant.

— T'es sûr que ça va, mon poto ? On dirait que tu viens de voir un fantôme, plaisanta Ray Dog.

— Ça va, Hector ? demanda Carmila, une sublime Mexicaine de dix-sept piges.

Hector remarqua la douce proéminence du ventre de la fille.

— Ouais, ça gaze. Félicitations, Carmila... Je veux dire, pour le bébé...

— Ce connard m'a mise en cloque et il n'a même pas de boulot, dit-elle d'une voix tranchante.

— Eh, je vais pas vous laisser tomber le bébé et toi... Tu sais que j'assure.

Il fit les yeux doux, elle fondit et ils se roulèrent une pelle astronomique, puis il sortit une liasse de billets de sa chemise en toile épaisse. Et si on allait se faire un KFC* ? Je vous invite.

— Je sais pas, répondit Hector. J'ai du taf. Je cherche un motif pour la caisse de Pretty Johnny. Faut que j'en trouve un qui défonce.

— Okay, *ese*. Et n'oublie pas, si tu intègres les Locos, on te protégera mieux que ta propre famille. Les Locos, ça sera ta vraie famille, je le jure devant dieu. Dis-moi quand tu seras prêt.

— Okay...

Ray Dog et Carmila allaient partir quand Hector toucha l'épaule de son ami. Celui-ci se retourna et regarda le jeune artiste.

— Fais gaffe à toi.

Ray Dog éclata d'un rire sarcastique.

— Hector, arrête de graffer et trouve-toi une *chica*... Tu serais moins stressé, *carnal*.

Le couple s'éloigna, après que Carmila eut donné une bise à Hector.

Il avala une nouvelle gorgée de jus d'orange, puis se dirigea vers le perron de sa maison. Une main ferme et délicate à la fois se referma sur son bras. Il se retourna et vit le père Arundilla, de l'Église du Christ ressuscité.

Le prêtre esquissa un sourire grave et le lâcha. Hector déchiffra de la colère et de la tristesse dans la rétine de l'homme d'Église.

— Mon garçon, la promesse de l'enfer éternel est réelle.

Sur le trottoir d'en face, les Locos persiflaient le prêtre.

— Faut que j'y aille, mon père.

— N'écoute pas ces voyous. Ce ne sont pas les croix en or qu'ils portent autour du cou qui les mettront à l'abri du châtiment suprême, le jour de la Résurrection, le Jugement dernier, quand l'Apocalypse se déchaînera, et que le Seigneur mettra les âmes et les cœurs à nu…

Hector n'entendit pas la fin du sermon, il était déjà à l'intérieur, laissant le prêtre planté là sur cette portion de Whittier, au milieu de la musique rap, des rires caustiques, des vannes et du vrombissement du moteur de la Chevy Impala.

13

La goutte tomba presque au ralenti sur le crâne de Snake. Une explosion de douleur souffla son cerveau, secousse dont l'impact résonnait jusqu'au plus profond de sa moelle épinière. Après ce qui lui parut une éternité, la vague de douleur reflua, laissant son cerveau complètement épuisé, rétamé, il avait trente secondes pour récupérer, trente secondes pour préparer le choc frontal de la prochaine goutte. Cela faisait dix-sept heures qu'il était maintenu allongé sur une table, pieds et mains sanglés, la tête enserrée dans un étau. Il ne pouvait faire aucun mouvement. Au-dessus de lui, un ingénieux système de compte-gouttes suspendu au plafond laissait tomber une goutte d'eau à intervalles réguliers. Toute les trente secondes, donc. La torture chinoise. Snake en avait entendu parler, mais jamais il n'aurait imaginé que cela puisse faire si mal. Dérèglement et destruction du système nerveux. Un homme ne peut survivre à vingt-quatre heures de ce traitement. Malgré la tempête sourde qui lui labourait la cervelle, il captait les paroles d'Alfredo Garcia. La goutte tomba sur son front. Penser à Garcia, se concentrer sur les paroles du Baron n'avaient pas suffi à faire diversion à la mécanique folle de la goutte. Il avait l'impression d'avoir la tête piétinée par un troupeau d'éléphants, d'avoir été jeté dans une cloche géante qui sonnait un glas apocalyptique. La loi de Newton était contre lui. La prochaine goutte n'allait pas dire merde aux lois de la physique moderne pour sa belle gueule.

Les événements avaient été effrayants, très rapides. Il discutait le bout de gras avec Armando sur Soto Street, le même spot de crack-cocaïne, Frank Nitty était là aussi, et il rappait, comme d'habitude, il se rappelait même de la rime : « Frank Nitty croule sous le poids du crime/pas un crooner/un maraudeur/ma prose est fluide/ma poésie dépressive/ma métaphore se suicide/ quand les peines sont massives/ je blanchis mes mots comme de l'argent sale/ la grande lessive/ quand les enquêtes des feds se font compulsives/et mes rimes méchamment convulsives. » Il se souvenait de tout le putain de couplet. Mémoire photographique, ça aide quand on vend de la drogue et qu'on barbote dans les chiffres toute la journée. Les dealers ne laissent ni reçu, ni bon de garantie, ni facture, ni certificat de cession. C'est bien connu.

La goutte lui fracassa le crâne. Il se souvenait… Le rap de Nitty et puis les trois mecs s'étaient fait soulever, il y avait Garcia, Octavio et trois tueurs mexicains qu'Armando n'avait jamais vus jusque-là. En tout cas, c'était pas des gars à Octavio. Vite, vite, il fallait qu'il fasse diversion. La goutte. Elle se détachait de son écrin liquide. Penser aux événements rendait la douleur plus supportable. Ils avaient été emmenés dans cet entrepôt désaffecté. Les nouveaux gorilles de Garcia les avaient alors copieusement passés à tabac, et puis le Baron avait pointé un flingue sur la tempe d'Armando. Armando avait joué les durs alors Garcia lui avait tiré une balle dans la rotule. Il avait ensuite pointé son flingue sur la tête de Nitty et déclaré à Armando : « Je vais buter ton pote. Si c'est pas lui qui nous a balancés aux stups, tu seras qu'un connard impardonnable. » Nitty avait regardé Garcia droit dans les yeux et avait dit : « J'ai pas peur de caner, mais voilà, faut que t'imprimes que je ne suis pas une donneuse. » Et puis Armando avait tout bavé. Il chialait comme un môme. Un boxeur qui chiale, c'est gênant. Octavio et Nitty avaient serré les dents. Le roi du ring, le grand espoir mexicain, c'était fini. Une balle dans la jambe, des confessions pénibles. Armando s'était alors perdu dans des explications foireuses, entrecoupées de crises de larmes : il avait déconné à plein tube, et il était loin d'imaginer que Snake était un rat. Il avait dit que Nitty n'avait absolument rien à voir là-dedans, il n'était même pas au courant pour Garcia. Le regard de ce dernier craquait de haine surgelée. C'est Garcia qui avait lâché le mot en premier. Le rat. Balance, indic, poucave, donneuse, cousin, tonton, le vocabulaire de la rue n'était pas avare d'épithètes quand il s'agissait d'épingler un individu qui collaborait avec la police. Mais rat c'était dur. La lie de l'animalité. Tout le monde hait les rats, à part les ados punk des quartiers « arty » de L.A.

La nouvelle goutte tomba lourdement, chaque microscopique particule d'eau court-circuitant le réseau entremêlé et à vif de ses terminaisons nerveuses. Garcia avait retourné l'arme vers la tête d'Armando et avait tiré dessus à bout portant. Ils étaient à genoux et ligotés, tous les trois, en rang d'oignons dans la réserve d'un entrepôt désaffecté qui servait occasionnellement de salle de torture au Baron. Le sang et la matière cervicale les avaient éclaboussés, ainsi que Nitty. C'était horrible. La tête d'Armando avait été à moitié arrachée par la déflagration et Snake chialait comme une gonzesse. Ses sphincters l'avaient honteusement lâché. Nitty renifla, grimaça, plein de mépris pour ce rat qui venait de se faire dessus. Snake grommelait des propos incohérents, son esprit commençait à partir en couilles. Dans quelques heures, il serait pris de délires hallucinatoires, suivis de crises d'épilepsie, avait expliqué Garcia à Octavio. Celui-ci se contentait d'écouter les brefs commentaires du dealer, visiblement secoué par la mort brutale d'Armando, son fidèle lieutenant. Seul Nitty affichait un masque impavide.

Snake n'en pouvait plus. Ça faisait vingt et une heures qu'il était sur cette table chinée au musée des horreurs. Il avait déjà tout dit. Il rencardait Frank Castle et Emilio Alvarez depuis des années. C'était leur principale source d'information dans la rue. Cinq années plus tôt, ils l'avaient coincé à LAX, l'aéroport international de L.A., avec cinq kilos de cocaïne dans son sac de voyage. Il revenait tout juste d'un trip à Bogotá. Le deal était : jouer la partition des flics ou pourrir dans un pénitencier en Californie. Et Snake n'avait pas suffisamment d'estomac pour survivre en prison. Ça, c'était le CV de Snake : truffé de ratures, de poudre blanche et d'arrangements merdiques et déshonorants avec la loi. CV, Chienne de Vie, son curriculum, il pouvait se le carrer dans le rectum. Vingt-deux heures. Première effusion épileptique. Un type s'approche rapidement de la table. Snake ouvre les yeux et aperçoit la gueule béante d'un Glock 9 mm, tenu fermement par Frank Nitty. C'est la dernière vision terrestre qu'il aura. Nitty lui tire deux balles dans la tête, avec une expression de soulagement dans les yeux, comme quand on réussit à se débarrasser d'une crotte de chien collée à sa chaussure.

14

Emilio psychotait tout en observant le comprimé d'aspirine se dissoudre dans l'eau. En fond sonore, Coltrane égrenait les notes mystiques de sa quête de l'amour suprême. C'était le premier track du disque, *Aknowledgement*, l'instrument allait chercher son souffle dans des recoins mystérieux et lumineux de l'âme humaine. Alfredo Garcia a un plan. Mais lequel ? Il n'allait pas revenir à Los Angeles avec dix kilos d'héroïne pure juste pour épater la galerie. Il avait la cinquantaine, avec une partie de son existence passée en cavale ou derrière les barreaux. Il n'avait pas de réseau de distribution à L.A. Quelque chose clochait dans ce « come-back » fracassant. La spécialité de Garcia avait été la coke. La tasse de café de l'Amérique, comme aimait plaisanter les dealers. Garcia avait un plan.

Le comprimé s'était dissous dans l'eau, comme la perception d'Emilio dans la douleur qui lui martelait le crâne. La sonnerie du téléphone poignarda sa cervelle. Il décrocha. C'était Castle. Et il avait des mauvaises nouvelles. On avait retrouvé Snake dans un conteneur. Deux balles dans la calebasse. Style exécution. On avait aussi retrouvé Armando Ribera, un lieutenant d'Octavio Gomez, renvoyé dans l'au-delà avec le même traitement que celui administré à l'indic. Les corps portaient de nombreuses traces de coups et blessures. Le légiste n'avait pas encore procédé aux autopsies, mais il avait expliqué à Jiménez que le visage de Snake était comme figé, pétrifié.

— Comment tu sais tout ça ? On est censé être suspendu…

« Dans le vide de ma migraine », ajouta-t-il pour lui-même.

— Écoute, Emilio. J'ai parlé avec Custer ce matin. Je lui ai dit qu'il n'aurait jamais Garcia sans nous. Il le sait. J'ai fait profil bas. Je ne me la suis pas racontée, j'ai reconnu qu'on avait fait une énorme connerie. Et il sait qu'on est des bons flics.

— Épargne-moi le baratin et dis-moi quelle est la contrepartie ?

— Il veut qu'on l'informe à chaque étape de l'enquête. Tout doit être consigné par écrit, on est en relation téléphonique 24/7 avec lui.

— Je suis pas un putain de rond-de-cuir qui passe sa journée à taper des rapports, s'emporta Emilio.

— Alors pointe au chômedu, *mi hermano*, mais sois réaliste tu tiendras pas longtemps sans solde avec les traites de ton appartement, ta Chevrolet, ta maman… Sois réaliste, mec. On récupère nos badges et nos flingues, on se remet sur l'enquête, Custer n'a pas filé le dossier du labo de crack aux Affaires internes, il a conclu à la légitime défense, on est pépères, on continue l'investigation, on n'entube pas le taulier… Et on va bien finir par le serrer, ce fils de pute de Garcia.

— La scène du crime, elle est plutôt bavarde ou est-ce qu'elle a perdu sa langue ? soupira Emilio.

— Elle garde le silence. Y a pas grand-chose à exploiter. Ces enfoirés sont des professionnels, des spécialistes du nettoyage par le vide. Pas de traces ADN, pas de poils, de cheveux. Enfin rien qui nous connecterait à l'ADN de Garcia.

— Garcia a un plan, mec.

— Un plan ? De quoi tu parles ? Un conseil : vas-y mollo sur l'aspirine.

— Nan, Frank, je t'assure qu'il y a quelque chose de plus vaste derrière tout ça… L'héro n'est pas une fin en soi.

— C'est encore une de tes prémonitions à la con ? C'est comme les rêves de ton frère qui deviennent réalité ? Merde. Dis à ton frère de rêver de Beverly Hills, comme ça ils pourront quitter l'endroit merdique qu'ils appellent chez eux.

Emilio se marra. À l'autre bout du fil, il entendit le rire franc de son coéquipier. Ce type se prendrait une balle pour lui.

15

On tambourinait à la porte d'Hector. Il ouvrit et vit Pretty Johnny, la mine sombre. Son cœur s'emballa.

La Chevrolet c'est pas pour tout de suite, pensa immédiatement Hector.

— Ils ont plombé Ray Dog…, annonça froidement Pretty Johnny.

Hector était hypnotisé par la chaîne en or de Pretty Johnny, un cerbère aux muscles saillants dont les yeux évoquaient la noirceur de l'enfer.

— Il est…, balbutia Hector.

— Il a pris dix-huit balles, tu m'étonnes qu'il est mort. C'est toi qui réalises la fresque murale. Elle doit être prête pour ce soir.

Le gangster s'éloigna. Les types du gang téléphonèrent à Hector. Le corps de Ray Dog était exposé chez Diego, le croque-mort. Le salon mortuaire était situé quelques blocs plus haut, sur Whittier. Un business florissant, c'était le cas de le dire. Hector enfila un ensemble pantalon et chemise de couleur noire et sortit de chez lui. Sa mère pleurait dans la cuisine.

À l'intérieur du salon mortuaire, il vit Carmila, en larmes, accroupie devant le cercueil de Ray Dog. Hector eut un flash : le bébé de Carmila baignant dans du formol.

Il tressaillit. Carmila hurla et se frappa le visage avec ses poings. Hector essaya de la calmer. Elle le frappa sur la poitrine puis ce fut une explosion de larmes. La routine du ghetto. Un ado de dix-sept ans abattu par balles. Une copine de Carmila la prit par la taille et l'entraîna vers la sortie. Le cercueil n'était pas fermé. Ray Dog portait un costume et son visage était anormalement pâle. Les embaumeurs avaient essayé de rafistoler ses traits du mieux qu'ils avaient pu, mais la morsure de l'automatique avait profondément remodelé la symétrie du visage du jeune gangster. Un œil était ouvert, l'autre fermé. Sinistre œillade post-mortem, la rue jetait son anathème, et un rappeur tout à l'heure allait cracher quelques vers en guise de requiem. Hector essaierait toute la journée d'oublier ce teint blafard, asymétrique. Il avait besoin de retrouver la fraîcheur, l'insolence et la vitalité du Ray Dog affilié aux Locos, le plus malin des démerdards de Whittier, le player d'East Los Angeles, le séducteur du barrio. Un Christ en céramique le contemplait sur l'un des murs du salon, avec sa couronne d'épines sur la tête. Le Christ saignait. Hector déconnait à plein tube, son imagination se barrait en couille. Ressaisis-toi, mec.

On lui avait attribué un joli mur, à Ray Dog. Les Locos avaient mis la main au portefeuille. Hector n'avait même pas dessiné une première ébauche sur papier. Il improvisa. Pretty Johnny lui avait apporté un sac de bombes neuves et lui avait glissé deux cents dollars dans la pogne. Hector avait d'abord refusé, mais Pretty Johnny était d'une humeur massacrante. Refuser la monnaie aurait pu être interprété comme un manque de respect. Hector se sentait bizarre. Une rage sourde lui intimait l'ordre de bomber un portrait ultra-réaliste de Ray Dog, la gueule en puzzle, désordre facial médico-légal, et l'effroi qui se lit sur son visage, d'exprimer la vision d'un enfer ardent éternel, qui brûlerait la chair et l'âme du jeune gang-banger. Calme-toi, vieux, lui dit le côté limpide de sa conscience. Le côté obscur avait tendance à en faire des tonnes, comme le loup lubrique des cartoons de Tex Avery. Il respira un grand coup. L'après-midi était chaud, mais pas trop, alors les badauds commencèrent à se rassembler sur le boulevard, près du mur. Ils avaient choisi celui-ci en raison de sa proximité avec la maison des parents de Ray Dog. Les gens du barrio regardaient l'artiste s'exécuter. Hector observa les badauds et il reconnut Tito234, Eugène145, Lil'Manny et Carmila, et Big T aussi, qui le regardait d'un œil à canon scié. Big T n'avait jamais pu encadrer Hector. Hector ignorait la raison de cette inimitié. Il s'en foutait comme de son premier marqueur. Tito234 versa la moitié de sa bouteille de Old English sur le macadam chaud. La bière traversa les multiples strates de l'asphalte, Hector l'imagina fertiliser les ossements des ancêtres, les vestiges des Aztèques, féconder la matrice originelle, irriguer la complexe tuyauterie des temples solaires, accélérer la tectonique des plaques, précipiter les tremblements de terre. La faille de Whittier Boulevard. La bière maltée nourrissait les Indiens expropriés et les Incas morts. Alcoolémie tellurique, cuite œcuménique. Les gangsters exhibaient leurs tatouages, complexes rouages d'une esthétique rude et sauvage, l'épiderme crie au naufrage, la bière coulait à flot, le flow d'un rappeur s'échappait nonchalamment d'un ghetto blaster, une bagnole Low Rider tentait de se soustraire aux lois de la gravité, suspension sautillante, presque funky. Carmila avait les yeux rouges. Lil'Manny la consolait. Le bébé de Ray Dog aurait au moins un père adoptif. Big T flambait, un Jésus halluciné en or massif autour du cou, soutenu par une lourde chaîne du même métal, ample pantalon beige Dickies qui retombait parfaitement sur des chaussures Nike d'une blancheur éclatante. Son jersey à l'effigie des Los Angeles Raiders était de deux tailles trop grand, assorti à un bandana noir qui dépassait de la poche de son pantalon. Hector avait peint son meilleur ami s'envolant vers un paradis étincelant, à califourchon sur un superbe vélo low-rider argenté. Ray Dog, il le kiffait ce vélo. Aérodynamique. La fourche en aluminium resplendissait dans le soleil de l'après-midi. Hector avait opté pour un bleu électrique en guise de couleur de fond, qui contrastait avec la peau mate de son pote, la blancheur cotonneuse des nuages, le métal argenté de la structure de la bicyclette. Visiblement, les badauds étaient impressionnés. Des lascars émettaient des sifflements admiratifs. Pretty Johnny versa une rasade sur le bitume, sortit son Glock et tira une salve en l'air. Big T dégaina à son tour et tira vers le firmament. Ray Dog avait été un soldat craint et respecté dans ce barrio. Big T s'avança vers Hector.

— Alors, *puto*, t'es pas encore rentré dans le gang ?

— Non, mec. Et arrête de tout le temps vouloir me rabaisser.

— Si je meurs, c'est pas toi qui feras mon mur. Parce que je sais que tu feras un truc foireux pour offenser ma mémoire…

— Tu viens de me filer une idée intéressante…

Big T allait se jeter sur Hector quand Pretty Johnny s'interposa entre les deux types.

— Arrête, Big T… Tu fais honte à notre héritage. Hector est des nôtres. Un jour, il franchira le pas et deviendra un Locos. En attendant, charge les flingues et attends-moi avec le pick-up. L'heure des représailles a sonné.

16

Taulard Raul Esposito, matricule « Va te faire mettre », prison San Quentin, Californie, il purge une peine à perpétuité pour trafic de drogue et double homicide : « Alfredo Garcia, il m'a sauvé la vie plus d'une fois. Ce mec est une légende, il a réussi à fédérer tous les Mexicains de cette prison. Il a fait un rêve : faire profiter tous les Chicanos de notre grand héritage aztèque. J'ai des soldats dehors qui sont prêts à l'aider, il peut leur demander ce qu'il veut. »

Taulard James Villarilla, matricule « Nique le monde », prison Folsom, Californie, il purge trois fois perpète pour meurtres et importation illégale d'héroïne : « Garcia jouit d'un respect total et inconditionnel, dedans et dehors. Ce type n'est pas un criminel ordinaire... Je veux dire, Garcia a une mission, un plan pour sauver notre communauté. Dehors, il pourra bénéficier de tous mes circuits de distribution. »

Taulard Edward G. Robinson, matricule « Après moi le déluge », prison Chino, Californie, il purge de vingt-cinq à perpète pour braquages, meurtres et trafic de dope : « Garcia a accompli une mission impossible :

unir les Noirs et les Latinos sous ma même bannière au début des années 80. Il a réussi à obtenir une trêve, son plan c'était l'union des Bruns et des Noirs pour écraser la suprématie de la toute-puissante Fraternité aryenne. Ce mec voyait à long terme. C'est un révolutionnaire. »

Maton John Cooper, employé de l'administration correctionnelle et pénitentiaire à San Quentin : « Garcia est un usurpateur, un putain d'imposteur. Il utilise ces conneries d'histoires d'héritage et d'Aztèques pour contrôler le trafic de drogue entre le Mexique et la Californie du Sud. J'emmerde Garcia ! »

Arthur Gilligan, ancien directeur de la prison de Folsom : « Garcia est une énigme vivante. Sans lui, les nombreuses mutineries qu'a connues notre établissement se seraient conclues dans la tragédie, le drame et l'horreur. C'est un habile médiateur, un excellent négociateur et un orateur charismatique. Il parle peu, mais chaque mot qui sort de sa bouche est soigneusement pesé et pensé. C'est un homme d'honneur et de parole : quand il dit qu'il va faire quelque chose, il le fait, j'ai pu le constater à de nombreuses reprises. On n'a jamais vraiment pu lui coller sur le dos tous les meurtres et les délits qui lui étaient attribués, on n'avait pas de preuve. L'omerta règne autour de lui. Il a étudié le droit à San Quentin, puis il a continué lors de son transfert à Folsom. Il a d'ailleurs trouvé un vice de procédure qui lui a permis de demander sa libération anticipée. Ce type est un génie du crime, si vous voulez mon avis. On m'a dit qu'il était incarcéré quelque part au Mexique pour une histoire de mœurs. Ironie de l'histoire ! »

Le circuit de l'héro était encore plus simple que celui de la coke. East Los Angeles constituait l'épicentre du conditionnement et de la distribution de cette drogue appelée parfois « cheval ». Octavio travaillait dur et Garcia avait profité du réseau de ses connaissances. Les mecs qui contrôlaient le business étaient derrière les barreaux. Les services rendus par Garcia pendant de nombreuses années n'avaient pas été oubliés. L'héro irait finir sa course dans les veines des richards d'Hollywood, de Santa Monica, des courtiers de Downtown L.A. Depuis deux semaines, Garcia était obsédé par Ricardo Montalvez, un jeune politicien mexicain qui se présentait aux élections municipales de Los Angeles. Le jeune loup briguait la mairie avec un slogan efficace : « Un nouvel avenir pour les Chicanos de L.A. » Garcia lisait toute la documentation au sujet de Montalvez. Octavio ne comprenait pas grand-chose à tout ce manège. L'argent de l'héro coulait à flots, mais Garcia semblait détaché de tout ce matérialisme criard et outrancier. Octavio lui réservait des tables dans les meilleurs restaurants de la ville, louait les plus belles call-girls, mais le Baron était toujours perdu dans ses pensées. Un jour qu'ils dînaient dans un restaurant français, Garcia avait évoqué l'Amazone défigurée.

— Je n'ai passé qu'une nuit avec elle, mais je ne l'oublierai jamais. Sa souffrance et sa beauté volée me fascineront jusqu'à mon dernier jour.

Merde, le type redevenait sentimental. Octavio jeta un œil aux tablées qui les entouraient : des couples argentés, des avocats d'affaires hypocondriaques, des vedettes de la TV. Il espérait qu'aucune de ces pouffes blondes ne ferait jaillir dans la tête malade de Garcia une image de la Vierge. Il rit intérieurement, but une gorgée de chardonnay, et repensa à l'exécution d'Armando. Cet homme avait été son plus fidèle vassal dans la rue. En vérité, Octavio se considérait comme un seigneur local, avec une Chevrolet en guise de monture, un Tech 9 à la place de l'épée, et il avait en quelque sorte adoubé Armando. Il lui avait appris à maîtriser sa colère, à ne pas se laisser submerger par ses émotions. Armando, le jeune boxeur qui chialait comme un môme quelques secondes avant de se faire pulvériser la cervelle. Il déglutit péniblement. Garcia était implacable. Il était contradictoire aussi. Il pouvait s'émouvoir de la misère d'une jeune immigrante défigurée et l'instant d'après étrangler un type de ses propres mains. Dans la rue, Frank Nitty avait remplacé Armando. L'autre jour, Octavio était passé faire un tour sur le turf* de Nitty. Il l'avait vu, il rappait, mais avec une autre expression sur le visage. C'était un tueur maintenant. Le meurtre avait libéré une angoisse retenue depuis trop longtemps captive au fin fond de sa psyché. L'assassinat considéré comme l'un des beaux-arts. Une connerie d'esthète argenté, pensa Octavio. Tuer un mec, ça n'a rien d'esthétique. Tuer un mec, c'est comme aller au charbon, tu mets tes tripes et tes couilles sur la table. C'est cru et crade.

Garcia attaqua sa sole tout en posant des questions sur la famille Veldez. Une famille guatémaltèque qui essayait de s'imposer sur le marché de l'héro à L.A. Garcia travaillait avec les Salvadoriens, les Guatémaltèques, les Nicaraguayens et les Colombiens. Il avait quand même réussi à fédérer Noirs et Mexicains en prison, ce qui n'était pas, vu le contexte troublé de l'époque, une mince affaire. C'était un fin stratège. Garcia finit sa sole.

— C'est bon, mais ça ne vaut pas les tortillas de ma pauvre mère, lâcha-t-il froidement, tout en s'essuyant la bouche.

17

Ricardo Montalvez ouvrit l'enveloppe qui portait un sceau étrange : une petite reproduction en cire de la Madone auréolée, le poing tendu et une expression du visage terriblement courroucée. Juste en dessous étaient inscrits ces quelques mots en lettres gothiques : « La Raza, l'héritage, Notre Los Angeles. » Dans l'enveloppe, un chèque de cinquante mille dollars, siglé First National, émanant d'une société appelée Victoria. Assis dans son bureau climatisé, le jeune politicien sirotait un Coca. Il appela son secrétaire et lui demanda de faire des recherches sur cette société ainsi que de se renseigner auprès de la First National pour savoir si elle avait un compte approvisionné chez eux. Il prit la lettre, la décacheta avec un petit stylet chiné dans une brocante, et parcourut avec attention les quelques lignes qui lui parurent sibyllines :

Notre projet, notre histoire, notre avenir

Cinq cents années passées dans les limbes/

La lumière, la *luz*, une nouvelle aube pour la communauté des justes.

Signé votre serviteur : Alfredo Garcia.

Le téléphone le tira de sa réflexion. Son secrétaire, John Vamos, lui indiqua que la société Victoria était une grosse entreprise de BTP qui venait juste de s'installer dans la Cité des Anges mais qui raflait déjà tous les marchés, publics et privés, et elle avait bien un compte approvisionné à la First National. Ricardo était plutôt flatté qu'un inconnu lui remette un chèque de cinquante mille dollars pour sa campagne. Il ne connaissait pas Alfredo Garcia. Il était trop jeune. Il n'avait jamais fait de prison. Il avait été à la fac et avait séché les cours de criminologie dans la rue. Il analysa le mot de Garcia et en conclut qu'il s'agissait d'un programme politique pour la communauté mexicaine de Los Angeles. Il aimait bien le ton de la missive. L'héritage aztèque, ça avait été le sujet de sa maîtrise à la fac de Berkeley, puis d'une thèse aride à U.C.L.A.* Son entourage n'allait pas tarder à le presser de questions sur l'identité de Garcia. Il allait faire quelques recherches. Il sentait qu'il tenait une piste sérieuse. Sa campagne allait peut-être pouvoir décoller. Et les cinquante mille dollars ne seraient pas de trop dans son microscopique budget. Il sourit. La politique, l'art de savoir mentir. Ce n'était pas Machiavel qui avait écrit cette sentence mais le rappeur Tupac. La probabilité que je me fasse braquer aujourd'hui ? pensa Ricardo. Aucune. La vie lui souriait à s'en décrocher la mâchoire, il était jeune, il avait du style, de l'ambition, assez de bagout pour conquérir cette cité qui ne respectait que l'argent et le pouvoir.

Il regarda par la fenêtre de son bureau qui offrait un vertigineux panorama de Downtown L.A.

*

Emilio avait déployé sur le plan de travail de sa cuisine une dizaine de rapports de police concernant Alfredo Garcia. Bordel, mais qui est ce type ? Il buvait un espresso en écoutant le morceau *Psalm* de l'imputrescible chef-d'œuvre de Coltrane, *A Love Supreme*. La caféine fixait l'aspirine dans les parois suintantes de son cerveau. Il démonta son Glock 9 mm deux fois de suite, ça le calmait. Il aimait sentir l'acier froid entre ses mains. Il avait récupéré son flingue. Un flic est tout nu sans son arme. Il pensa à son frangin. Dans la rue, on disait que Ray Dog s'était fait allumer par les Fils du Sang, un gang de lycéens salvadoriens. C'était Hector qui avait réalisé la fresque mortuaire. Il avait cuisiné Pretty Johnny qui avait juré qu'Hector n'était pas affilié aux Locos. C'était cool. Emilio Alvarez avait déjà un gros problème sur les bras, et ce problème s'appelait Alfredo Garcia. Il ne voulait pas se prendre la tête avec son propre frère. Il devrait d'ailleurs aller lui rendre visite, à son jeune frérot. Mais où était Garcia ? Et pourquoi les rues d'East Los Angeles étaient si calmes ces cinq derniers jours ? La brigade des stups de West Hollywood avait signalé quatre overdoses en l'espace de quarante-huit heures. Fallait-il relier ces événements entre eux ? Toutes ces questions augmentaient la douleur causée par ses maux de tête, une douleur qui lui découpait le cervelet en petites rondelles. Il fallait qu'il aille faire un tour dans la rue. Il irait du côté de Soto Street, près du spot de crack-cocaïne où avait l'habitude de traîner ce pauvre Snake. Snake, une source d'information prématurément tarie. Et dire que Castle et lui-même avaient radiné lorsque Snake leur avait demandé une augmentation ! Emilio soupira. Le concept de l'angoisse. Un classique du philosophe boche Schopenhauer. Il l'avait chopé à la bibliothèque de la fac de criminologie. Un truc sur la culpabilité et l'angoisse existentielle du prédateur au moment où il appuie sur la gâchette. Enfin, pas exactement, mais ça s'en approchait. Il se servit un verre de scotch. Il appela Castle et enfila sa veste de combat de l'armée américaine.

18

Hector et sa mère étaient en route vers la prison de San Quentin. Le bus était bondé. Essentiellement des Noirs et des Hispaniques, des gens pauvres, qui avaient économisé plus d'un mois pour payer le voyage, les cigarettes et la nourriture destinées à leurs proches incarcérés. Hector connaissait des mômes qui n'avaient jamais été à la mer pour les vacances mais qui faisaient le voyage jusqu'à la prison depuis l'époque où ils barbotaient dans des couches remplies de merde. Lui-même connaissait le trajet East Los/San Quentin par cœur. Parmi tout ce populo, il y avait des femmes qui s'étaient mises sur leur trente-et-un pour rendre visite à leurs hommes. Robes sexy, visages bien maquillés, créoles en ivoire, talons aiguilles, bouches pulpeuses, poitrines saillantes, cascades de brushing, effluves de parfum bon marché. Ça puait l'eau de Cologne, les bigoudis cramés, la laque, le beurre de karité, les lotions défrisantes. Les enfants braillaient. Les vieillards postillonnaient et racontaient des histoires en noir et blanc, quand ils allaient visiter des proches à San Quentin, dans les années 40, les travaux forcés, les chambres à gaz… Quand il était môme, Hector flippait rien qu'en entendant ces contes de la crypte.

L'arrivée à San Quentin. Le même folklore hardcore à chaque visite, des détenus qui vous regardaient à travers les grillages avec cet air de dire : « Heureusement que t'es pas enfermée avec moi, petite, sinon j'aurais fait de toi ma pute numéro uno. » Les mecs salivaient rien qu'à la vue de toute cette chair fraîche. Surtout ceux qui tiraient perpète et dont la queue était en état d'hibernation prolongée. Les gardiens passaient les visiteurs à différents niveaux de fouille, les clés claquaient contre l'acier, les matons gueulaient, les prisonniers hurlaient leur numéro d'écrou. À travers les grillages de l'allée centrale, Hector remarqua qu'un bus de la pénitentiaire venait juste de se garer dans la cour, avec un arrivage frais : des jeunes Latinos et des jeunes Noirs, entravés, portant l'uniforme de la prison du comté où ils avaient purgé leur préventive, démarche chaloupée rendue encore plus vacillante à cause des chaînes qui enserraient les chevilles, langages corporels codés, attitudes bravaches des récidivistes. Hector lut la peur dans certains regards hésitants, quelques lascars baissaient la tête, tentaient de contrôler le tremblement qui secouait leurs jambes, surtout quand ils passaient devant un groupe de taulards. Le gardien aboyait une série d'ordres, et les nouveaux arrivants serraient les fesses, les plus malins d'entre eux s'étaient confectionné des surins* à l'aide de brosses à dents et de lacets de basket. Il suffisait de chauffer les lacets au briquet afin qu'ils durcissent, de les enrouler autour de la tige de la brosse à dents pour la solidifier, et d'introduire le rasoir coupé en deux dans la brosse proprement dite. Les lames étaient planquées dans les tennis, un ingénieux système de semelle amovible. À San Quentin, beaucoup de types s'étaient fait égorger avec ce genre de couteau artisanal. Son père lui avait expliqué que lorsqu'un type voulait en suriner* un autre, il cachait la lame de rasoir dans sa bouche, sous la langue. C'était une technique que n'utilisaient que les détenus les plus menacés, ceux à qui un gang rival avait promis un viol collectif sous la douche. On appelait ça le baiser de la mort ou le sourire kabyle. « Mes potes vont t'appeler Marilyn toute la nuit, petite pédale ! » Et le plan germait, cogite insomniaque d'un jeune gangster dans sa cellule, élaboration tactique. Éclat de la lame dans la pénombre. Les taulards endurcis glandaient dans la cour, regardant d'un œil terne la procession des nouvelles recrues.

La culture de prison avait largement dépassé le périmètre de San Quentin, pour s'implanter dans les quartiers, les écoles, les usines. Les taulards portaient des uniformes en toile de jean taille XXL, les pantalons tombaient à la raie du cul, bouffaient dans l'entrejambe. C'était pas volontaire à la base, c'est que les mecs n'avaient tout simplement pas le droit de porter des ceintures. Et puis c'était devenu cool de porter son falzar ample et tombant bas. On dit souvent que la mode vient de la rue, alors que cette mode-là elle vient directement du trou de balle de la rue : la taule. Les taulards étaient supercréatifs, ils réussissaient à fabriquer de l'alcool de pommes de terre, et les cuistots n'avaient pas de toques, alors, pour éviter de porter ces bonnets de cuisine en plastique qui vous donnent l'air ridicule, ils s'étaient mis à se coiffer de Doo Rags, des trucs qui ressemblent à des collants, et qui moulent le crâne, évitant aux cheveux de se balader dans la tambouille, et permettant au passage aux dernières coupes à la mode de rester fraîche plus de vingt-quatre heures. Les taulards étaient peut-être privés de liberté mais ils avaient du style.

Reuben Alvarez était à l'heure au parloir, derrière la grande vitre en Plexiglas. Il n'avait pas vieilli derrière les barreaux. Il était encore beau gosse. De l'autre côté de la barricade, l'estomac d'Hector se contracta. Sa sœur Carmen ne venait plus à San Quentin. Elle ne pouvait supporter de voir son père en cage comme un animal. Marlena pleurait, le combiné du téléphone collé à l'oreille. Reuben se disait que ça n'avait pas de sens, que Marlena devait refaire sa vie. Son mari ne sortirait jamais vivant de derrière ces murs. Il avait pris perpète. De l'autre côté de l'hygiaphone, Reuben morflait. Une souffrance absolue. Il avait appris à la canaliser durant toutes ces années. Un conte de la folie ordinaire. Le maton faisait les cent pas, il se faisait chier comme un rat mort. Quand Marlena se leva de son siège, ce fut au tour d'Hector de coller son visage contre la vitre.

— Salut, fiston… Merde, qu'est-ce que t'as grandi !

— Salut, papa. Comment ça va ?

— Comme ça peut aller quand on est enfermé dans une taule pour le restant de ses jours, soupira Reuben, regrettant aussitôt sa tirade exsangue.

Ses yeux se brouillaient de larmes. Hector appuyait comme un dératé sur le frein de ses glandes lacrymales. Reuben s'essuya les yeux du revers de sa manche, se trouva une contenance en se lissant les cheveux, sourit enfin.

— Je t'ai fait un T-shirt. Avec un motif spécial. Les matons te le donneront à la sortie. J'arrête pas de peindre ici. Je customise des baskets, des T-shirts pour les amis des prisonniers, je dessine les cartes de vœux pour les fêtes, je fais des dessins pour les petites copines des taulards…

— C'est super…

— C'est quoi ta couleur prédominante en ce moment ?

— Le violet.

— Ton dernier mur ?

— Whittier Boulevard. En hommage à mon ami Ray Dog.

— Paix à son âme. Il était vraiment super le dessin que tu m'as envoyé le mois dernier. T'as du talent, fils. T'es encore plus doué que ton vieux taulard de père.

— T'es pas vieux papa, et c'est toi qui m'as tout appris.

— J'aimerais que tu fasses une école d'art, une fac de dessin.

— Je sais pas, papa… Ce style, c'est un truc de ghetto, de barrio… Dans leurs écoles, ils disent que c'est pas de l'art, que c'est juste un truc de mecs des rues.

— Ne laisse jamais quiconque déprécier ton art, ton talent, ta culture, ton héritage. La peinture murale a toujours été très importante chez les Chicanos. On ne s'en rend pas forcément compte ici aux États-Unis, mais dans le monde entier des gens s'inspirent de notre culture, de notre style de vie. J'ai lu des livres, des tas de livres dans cette taule. Ne laisse personne manquer de respect à ta culture, *hijo*.

Leurs mains se rejoignirent, malgré l'épaisse vitre de Plexiglas. Ils ne pouvaient pas se toucher mais l'amour qu'ils ressentaient l'un pour l'autre dissolvait chaque atome de Plexiglas.

— C'est cool que tu peignes pour tes codétenus…

— Ouais, ça me permet de garder la main… Et de cantiner ! Je sais que ta sœur, ta maman et toi faites tout votre possible pour m'envoyer régulièrement des mandats… C'est loin d'être évident. Les mecs ici, ils adorent mes T-shirts. Tu sais, celui avec le cheval ailé…

— La licorne ?

— Ouais, une licorne. T'es toujours à l'école, rassure-moi ? T'es plutôt intelligent pour ton âge. Tu continues de lire des livres ?

— Ouais, quand j'ai le temps. Par contre, Garfield c'est vraiment merdique. Les Salvadoriens nous mènent la vie dure, et les profs sont à chier…

Reuben sourit.

— Dans les années 80, c'était un bon bahut, fiston. Avec ce prof qui a révolutionné les méthodes de calcul… Mais c'est une autre histoire.

— C'est quoi ta couleur prédominante en ce moment, papa ?

— Le bleu électrique. J'ai fait une peinture pour un musulman, ça représente l'arche de Noé, avec les animaux et tout. Il a vraiment accroché. Écoute, fiston, faut que je te dise quelque chose.

Sa mine était plus grave, l'attitude moins nonchalante.

— Quoi, papa ?

— Ton frère mène une enquête sur un homme qui était très populaire dans cette taule y a une dizaine d'années. Beaucoup de types ici considèrent cet homme comme un révolutionnaire, ils ont de l'estime pour lui. Dis à ton frère de laisser tomber son enquête, car ici je suis en première ligne.

— C'est quoi ce truc, papa ? Tu veux dire qu'ils te mettent la pression ?

— Ton frère est convaincu que ce type est un criminel… Mais c'est un révolutionnaire, il est des nôtres, c'est un Mexicain, la Raza, l'héritage !

— C'est qui ce type ?

Reuben regarda sur sa droite et sur sa gauche. Il colla son visage contre la vitre de l'hygiaphone et murmura le patronyme du patron du crime. Hector ne parut pas impressionné, il ne connaissait pas ce type. Le gardien leur fit un signe : fin du parloir.

— Fais passer le message *a tu hermano*. Je t'aime, Hector.

— Je le ferai. Je t'aime, papa. Fais attention à toi.

Il se leva.

— Travaille ta perspective, élargis ton relief. Fais briller ton violet. Je t'aime, Marlena, lâcha Reuben pendant que le gardien l'escortait hors de la salle de visite. Il se retourna une dernière fois pour apercevoir la chair de sa chair. Hector essayait de retenir un flot de larmes, tandis qu'il se frayait un chemin vers la sortie, pris dans la masse des visiteurs qui se pressaient vers la liberté, et qui avaient laissé derrière eux une partie de leur vie.

19

Frank Nitty jeta son joystick sur le sofa. Il en avait sa claque de ce jeu. Il n'arrivait pas à franchir le palier n° 8, celui où les mutants de l'espace aspiraient son énergie en l'aspergeant d'un liquide spongieux, du blob* très visqueux. Sa copine, Tina, dormait dans la chambre à côté. Il alla au frigo, prit un morceau de viande rouge et le jeta à son pitbull, Escobar. Un combat de chien était organisé à la fin du mois par un dealer de coke de Pico et Escobar avait intérêt à honorer sa réputation de tueur. Il entra dans la piaule et enfila son pantalon cartonné* bleu marine, sa meuf avait un joli tatouage dans le bas du dos, une araignée qui s'enroulait sur une rose rouge. Quelle caillera cette meuf ! Il enfila une veste Dickies, vérifia que son Glock était bien chargé et le fourra sous sa veste. Il passa dans la salle d'eau et regarda son reflet dans le miroir. Un tueur le regardait. Tuer avait été si facile. Il avait fait les quatre cents coups dans la rue, mais n'avait jamais eu à faire bouffer son bulletin de naissance à un gus. C'était un soldat, pas un gangster. Un soldat fait de l'argent en vendant dans la rue, en écoulant de la dope, un gangster se bat pour les couleurs de son gang. Nitty s'en tapait de ces histoires de couleurs. Il s'en tapait des Rolling

Sixties Crips, des Latin Lingos ou des Piru Bloods. La couleur d'un bandana n'avait jamais rempli son frigo.

Il était plus intelligent que la moyenne. Un jour, son prof de lettres avait dit à sa mère que c'était un génie. Avec toute l'énergie et l'intelligence déployées au service du business de la came, il aurait pu devenir mathématicien, médecin, avocat, prof de fac. Mais la rue avait tout raflé. Il sourit. Il était tellement futé qu'il n'avait jamais été arrêté par les keufs. Il n'avait jamais mis les pieds en cabane, enfin en tant que taulard, car il lui arrivait parfois de visiter une brochette de potes incarcérés. Il chaussa ses Converse, assorties à son uniforme, pas un gimmick de gang, il aimait juste être classe, frais, propre. Il sortit de l'appart et se dirigea vers sa Chevrolet Impala. Un galérien salvadorien qui vivait dans le quartier de sa meuf avait posé son gros cul sur le capot de sa bagnole. Il biberonnait une bouteille de St Ides. C'était un membre des Fils du Sang, des clowns qui jouaient les durs au lycée. Des « wannabee », gangster en herbe, plutôt fumeurs d'herbe que tueurs de sang-froid.

— Yo, tu fais quoi sur ma bagnole, *puto* ? Va te trouver un banc pour comater, *puto*, lança Nitty au jeune Fils du Sang.

Celui-ci regarda Nitty avec une expression de demeuré qui mit le jeune lieutenant de Garcia en rogne. Il souleva sa chemise, laissant apparaître la crosse plastifiée du Glock.

— Tu comprends pas quand on te parle, *puto* ?

Nitty le poussa brutalement, le Fils du Sang glissa et se ramassa sur l'asphalte chaud. Nitty lui envoya deux coups de Converse dans les côtes.

— Je suis pas un de ces connards de Locos qui tirent sur les gens à l'aveuglette ! Quand j'allume un mec, je le regarde profond dans la rétine d'abord, compris *puto* ?

Et, comme pour ponctuer cette dernière interjection, il fila au type un autre coup de pompe dans l'estomac. Le gars se tortillait de douleur. Tina avait assisté à la scène depuis la fenêtre. Elle appela son homme. Nitty se retourna et lui adressa un sourire radieux.

— Vous, les mecs, faut toujours que vous prouviez que vous êtes des durs.

— Je t'aime, bébé. Appelle le service de ramassage des ordures. Il montra du doigt le Fils du Sang, couché sur le bitume.

Elle sourit et lui fit un baiser voyageur. Nitty était de bonne humeur. Maintenant ces *vatos** sauraient qu'on ne pouvait pas lui manquer de respect sans s'attendre à un sérieux retour de bâton. Il inséra une *tape* d'instrumentaux de Tone Loc dans l'autoradio et démarra. Instinctivement, il exhala un nuage vaporeux de rimes climatiques.

— Je magnétise le microphone/Inflige de la douleur comme dans un pogrom/Pends les imposteurs par le scrotum/Le genre de frère à installer la clim' en enfer/Exterminateur libertaire réfractaire à tout conditionnement concentrationnaire/Agnostique exorciste pratique cet exercice : survivre à la chute dans le précipice/Novice du vice devenu adepte de l'homicide catharsis/Mon flingue chlingue, explore les tréfonds de ce monde de dingues/Cette foutue jungle qui te déglingue/ L'artiste psychotique hurle son trauma cosmopolite/Le compositeur cocaïnomane/Le musicien mystique comme John Coltrane/Le vendeur de dope vendu par une taupe/Violente mon rap comme du be-bop/Saleté de rimes psychotropes/L.A. ma ville East Los ma vallée/Le géant du crime…

Son rap fut interrompu par une sirène de police stridente et un gyrophare clignotant posé à la va-vite sur le toit d'une Crown Vic. Une voiture banalisée. Les condés. Frank Nitty essayait de contrôler sa respiration, son Gulf Stream sanguin qui bouillonnait dans un entrelacs de veines gonflées par le stress et l'excitation. Le Glock dans son futal. Impossible de le jeter dans la nature, les flics avaient une vue imprenable sur sa Chevrolet. Il hésita un moment avant de se garer. Il eut une vision brève, fugitive, gore, jouissive : il éclatait la cervelle des flics avec son Glock, vidait le chargeur sur les cadavres encore fumants. Mais il était plus malin que ça. Il arrêta la voiture sur une portion moribonde d'Indiana Avenue. Il vit les flics dans son rétro : un Hispanique et un Noir.

— Oh non, pas eux. Ces enfoirés d'Alvarez et de Castle.

Mode d'emploi : casse-couilles. Ils avaient leurs pétards à la main et leurs vestes ouvertes dévoilaient des plaques attestant de leur appartenance à la police de L.A.

— Tu sors doucement du véhicule, ordonna le Noir.

Frank Nitty s'extirpa du véhicule, à la coule, *laid back.*

— Les mains sur le crâne et à genoux, dit calmement Castle.

Frank Nitty s'exécuta. Quelques badauds s'étaient arrêtés. Des insultes fusaient. « Sales porcs », « enculés, arrêtez d'harceler nos frères ». Castle fusilla du regard les quelques glandeurs agglutinés près de la devanture d'une bodega. Ils baissèrent le regard. Frank Nitty souriait.

— Qu'est-ce qui te faire rire, ducon ? demanda Emilio.

— Vous allez me fouiller… et trouver un Glock dans mon pantalon.

Emilio le palpa sans ménagement, trouva le flingue, le mit dans la poche de sa veste de combat et menotta Frank Nitty.

— On va passer ton nom au fichier central du crime, Nitty, et avec un peu de chance on pourra trouver un casier chargé, une violation de conditionnelle et même, la cerise sur le ghetto, un truc qui relève de la loi des trois coups, expliqua Emilio, goguenard.

— On sait que tu deales avec Armando. Vous bossez pour Octavio.

— Octavio, connais pas. Armando, connais pas.

— Putain, ce flingue va t'envoyer à l'ombre pour un bon bout de temps.

— Je crois pas, *puto*.

Frank Nitty venait juste d'apercevoir Edgar Morales, un activiste des droits civiques, très populaire dans le quartier. Il venait juste de sortir de la bodega.

— J'ai un casier vierge, ce qui n'est pas le cas du cul de ta sœur…

Emilio le frappa avec la crosse de son Glock, dans la partie inférieure de la mâchoire. Le jeune gangsta-rappeur s'écroula comme une masse. Morales avait été témoin de la scène. Il avança prestement vers les policiers.

— J'ai tout vu. Vous avez frappé un homme menotté. Ce sont des violences illégitimes. Donnez-moi vos deux noms… Vous n'avez pas le droit de venir dans nos quartiers et de brutaliser gratuitement nos enfants. Donnez-moi vos noms !

Frank Nitty cracha une dent. Il arborait un grand sourire tout en essayant de se relever. Castle fulminait. Emilio se maudit d'avoir été aussi con.

— Vos deux noms, messieurs. Vous êtes dans l'obligation de me les donner, autrement j'irai au commissariat signaler cet incident, avec le numéro de la plaque de la Crown Vic que j'ai soigneusement noté.

Les deux flics déclinèrent leur identité. Ils aidèrent Nitty à se relever, il bavait de l'hémoglobine, et le poussèrent sur la banquette arrière. Emilio regarda Morales. Des emmerdes en perspective. Il démarra.

— Salope pas la voiture, cracha Castle.

— Vous avez merdé, les mecs, déclara Frank Nitty.

— J'ai des infos sur toi : au lycée, t'étais une tronche, et dans la rue, t'es le fort en thème de la coke, la came c'est ton théorème, lâcha Emilio. Tu deales pour Octavio, t'es le soldat d'Armando. C'était ton lieutenant.

— On va te montrer des photos d'Armando, et c'est pas des clichés genre *GQ Magazine*, nan, c'est des photos de l'autopsie de ton poto, avec les tripes à l'air.

— Il marche pas avec moi votre numéro du bon flic/mauvais flic. Vous m'avez esquinté la gueule alors que je porte des bracelets, je vais attaquer tout le département ! Je vais me faire des couilles en or grâce à vous, *putos*.

Emilio tiqua.

— T'es un rappeur, il paraît. Pourquoi tu signes pas un deal en maison de disque ?

— J'y travaille. Je suis encore meilleur que Kid Frost. Je suis la résurrection de Tupac !

Castle le regarda, passa une main sur sa coupe afro avant de lui répondre :

— Je connaissais un type à San Quentin. Un rappeur incarcéré, une histoire de dope, j'allais souvent l'interroger en prison. C'était une star locale du rap à l'époque, une major venait juste de le signer, il avait un single qui commençait à cartonner en radio. Le mec, au trou, il rappait au téléphone pour les gonzesses des taulards. Sans dec, les types faisaient la queue au téléphone, le mec prenait le combiné et il lâchait des vers, des free-styles. Ça a probablement dû lui permettre de rester vierge du cul. Et toi, Nitty, tu penses que tu vas rester longtemps vierge du cul en cabane ?

— Putain, les mecs, vous donnez le bâton pour vous faire battre. Tu me parles de vierge, et tout, et tu crois que je vais pas évoquer le nom de ta *puta de madre* ?

— Freine ! hurla Castle.

La voiture s'immobilisa. Castle donna une série de coups de poing à Nitty. Les mains dans le dos, il morflait salement. Emilio saisit le bras de son coéquipier.

— Morales l'a bien regardé tout à l'heure. Et je crois pas qu'il ait vu de cocards.

Nitty éclata de rire.

— *Putos*… Je veux voir un putain d'avocat dès qu'on sera arrivé à votre QG… Et j'exige de voir Morales. Vous m'avez passé à tabac, bande d'enfoirés. C'était quoi mon crime ? Rapper dans ma bagnole ? Le flingue, il est muet comme une tombe, il a jamais servi. C'est une arme que j'utilise pour ma protection, pour me défendre au cas où un connard me car-jacke ou me fasse un coup de Jarnac… Il lâcha un gros rire. On est en Amérique, *putos*, j'ai le droit à la recherche du bonheur, et j'ai le droit de protéger ma maison.

— On vérifiera tout ça au poste, grommela Emilio.

— On te voit tous les jours au coin de la rue avec Armando, lâcha le flic noir. Et si tu bosses avec Armando, alors t'es forcément connecté avec Octavio. Et Octavio est en affaires avec un certain Alfredo Garcia.

Emilio attendit que le nom explose dans la mémoire de Nitty comme une bombe à fragmentation. Chez les gens de la rue, ce patronyme évoquait soit la peur, soit le respect, ou alors un savant dosage des deux. Nitty resta imperturbable. Son langage corporel restait indéchiffrable. Il n'allait sûrement pas passer à table, pensa Emilio, abattu.

Ce type possédait l'intelligence de la rue, assortie d'une haine atavique des mouchards. Dans son quartier, les indics portaient une couronne d'épines avant d'être crucifiés par la populace, sous les insultes et les glaviots.

Au poste, ce fut un Custer en pétard qui les accueillit.

— Je croyais que vous deviez m'informer de chaque étape de l'enquête. Résultat, j'ai un représentant d'un programme de reconnaissance des droits civiques dans mon bureau qui accuse le LAPD de violences illégitimes.

— Morales est déjà là ? s'enquit Castle.

— Et il n'y a pas que Morales... Il y a Anthony Lamont, l'avocat de ce type.

Custer grimaça en voyant le visage tuméfié et couvert de croûtes de sang de Frank Nitty. Celui-là continuait de sourire.

Les deux flics de terrain ramenèrent le suspect dans le bureau de Custer. Ils le devinèrent bouillonnant lorsqu'il ferma la porte derrière eux. Lamont dévisageait les deux flics. Morales montra du doigt Emilio Alvarez.

— C'est le policier chicano qui a frappé ce jeune garçon sur Indiana Avenue. J'étais là, devant l'épicerie tenue par le Coréen, et ce flic lui a donné un méchant coup de crosse alors que le gosse était menotté. Je peux faire appeler d'autres témoins.

— Détachez mon client. Je ne crois pas qu'il soit en mesure de violenter qui que ce soit dans cette pièce.

— Mon cul, beugla Castle. On va le mettre en cage, port d'arme prohibée, c'est suffisant pour le placer en garde à vue.

— Enlevez-lui les menottes, c'est un ordre, Castle, dit sèchement Custer.

— Quoi ? Vous plaisantez ? Le gus se balade avec un Glock 9 mm.

— Un Glock acheté en toute légalité, intervint l'avocat. Nous avons tous les papiers qui le prouvent. Mon client risque au pire une amende pour ne pas avoir sollicité de permis de port d'arme…

— Détachez-le, Castle ! coupa Custer.

Il introduisit sa petite clé dans la serrure des menottes. Nitty se massa les poignets avec délectation.

— Mon client va attaquer le département. Il va solliciter l'intervention des Affaires internes. M. Morales, défenseur de la lutte des droits civiques dans ce quartier depuis quinze ans, constitue notre principal témoin à charge.

— Nous avons l'intention, maître, de régler cette affaire à l'amiable, dit Custer.

Si les yeux de Castle avaient été une paire de calibre 45, le commissaire aurait été transformé en passoire, mâchoire arrachée, boîte crânienne emportée.

L'avocat se racla la gorge, un raclement de satisfaction.

— Ce type est un dealer, aboya Castle. On le croise tous les jours dans la rue !

— Il n'a pas de casier judiciaire, il n'a jamais été arrêté…

— Et laissez-moi deviner…, intervint Emilio. Il paie ses PV de stationnement en temps et en heure ?

— Exactement, soupira Custer. Vous connaissez le contexte économique et ethnique de cette ville ? Il y a quatre ans, elle a été le théâtre d'émeutes particulièrement violentes. Les caméras du monde entier filmaient le chaos des rues de Los Angeles. Nous sommes en 1996, il est temps que certaines pratiques cessent.

— C'est politique alors ? lâcha Castle, mais cela sonnait davantage comme une affirmation qu'une interrogation.

— Votre coéquipier a passé à tabac M. Cruz, coupa l'avocat.

— M. Cruz ? Okay, M. Cruz *aka* Frank Nitty. Je préfère les appeler par leur nom de rue, j'ai pas envie de donner du monsieur à un vendeur de coke. Vous roulez pour qui, monsieur Lamont ?

— Je représente et je défends les intérêts de la société Victoria, une entreprise de BTP, très présente sur les chantiers de construction de L.A. Mon client travaille pour cette entreprise, c'est un ouvrier spécialisé dans la tuyauterie.

Castle et Emilio se connectèrent sur la fréquence « Télépathie », qui ne diffusait que des Tubes Mentaux, des connexions de cortex à haut débit. L'avocat venait de parler d'une entreprise de BTP. Mais où diable les deux flics avaient-ils déjà entendu parler de cette boîte ? Un bruit courait dans la rue sur des types pas nets qui auraient monté une affaire pour couvrir un business illicite. Fallait absolument se renseigner sur cette société. Les deux condés échangèrent un regard complice.

— Vous voulez dire, « tuyaux » comme dans les pipes de crack ? ironisa Emilio.

Lamont l'ignora royalement.

— Il m'a tabassé dans la voiture, lança Frank Nitty.

— Quoi ?

L'étonnement, la stupeur et la colère donnaient au visage de Morales un relief particulier.

— Ils ont arrêté la voiture et ce *puto*, il désigna Castle, a commencé à me rouer de coups de poing.

— Est-ce qu'il dit la vérité, monsieur Castle ? demanda Morales.

Castle était prostré. Emilio sentait qu'une terrible migraine allait s'abattre sur sa caboche.

— Alors, Alvarez, qu'est-ce qui s'est passé dans la voiture ? s'enquit Custer.

— Okay, je l'ai défoncé dans la caisse, gueula Castle. Ce sont des types comme lui qui ont causé la mort de Joey Chavez… Ces types sont des tueurs de flics !

— Ces accusations sont graves, monsieur Castle, et si vous ne les étayez pas à l'aide de preuves irréfutables, je serai obligé de vous attaquer pour diffamation, observa Lamont.

— Essayons de trouver une issue intelligente et pacifique à cette situation, messieurs, dit Custer.

Alvarez le fusilla du regard. Salopard de rond-de-cuir. Ce mec était prêt à jeter ses propres hommes dans la fosse aux lions.

— Je veux cinq mille dollars cash pour me payer une couronne, exigea Nitty…

Il s'avança vers les deux flics, ouvrit la bouche et cracha une dent couverte de sang sur le visage d'Alvarez. Celui-ci allait se jeter sur Nitty quand il fut ceinturé par Castle.

— Tu veux encore tomber dans son piège ? Il attend que ça !

Il regardait son coéquipier droit dans les yeux. Tremblant de rage, Alvarez s'essuyait le visage avec un Kleenex.

— Ça fera sept mille dollars, cinq mille pour mes chicots et deux mille pour le préjudice moral, dit Nitty. Ces messieurs du L.A.-PÉDÉ ont violé mes droits constitutionnels. Il rigola : J'ai pas tué de flics, j'ai tué personne, vous êtes peut-être de la brigade des HOMO-CIDES, après tout, vous tournez toute la journée dans cette foutue bagnole, ça doit sans doute créer des liens… Tu vois ce que je veux dire, tarlouze ?

— Ça suffit, monsieur Cruz, coupa Lamont, embarrassé par l'impro insolente et bravache de son client. Il se retourna vers Custer : sept mille dollars vous semble-t-il une somme raisonnable ?

— Oui, monsieur Lamont.

Alvarez et Castle grillaient sur place.

— Je savais que l'on réussirait à trouver un terrain d'entente.

— Votre client est libre. Nous vous appellerons pour ce qui est des détails purement techniques et administratifs du dédommagement.

— Rien à branler de ce baratin… Je veux mon fric demain, éructa Nitty.

— Nous ferons en sorte de vous dédommager le plus vite possible, monsieur Cruz, répondit froidement Custer.

— Okay ça roule, *ese*. T'es pas un peu philippin sur les bords, mec ?

— Messieurs, ce fut un plaisir, dit Lamont, en entraînant rapidement Nitty vers la porte du bureau.

Quand ils furent partis, Morales se planta devant Alvarez et Castle.

— Certaines pratiques appartiennent à une époque désormais révolue.

Il serra la main à Custer et sortit à son tour. Le commissaire dévisagea ses deux hommes.

— Apprenez la diplomatie et votre carrière ne s'en portera que mieux. Ignorez-la et c'est une tempête de merde qui s'abattra sur vos deux têtes de mules.

— La leçon est finie ? Alvarez fulminait.

— J'ai évité un procès retentissant et sulfureux au service. Des rumeurs galopent à votre sujet. J'ai entendu parler de dealers dépouillés. Faites très attention. C'est le dernier avertissement que je vous donne. La prochaine fois, c'est les Affaires internes, la porte, et la prison. Cette ville doit se reconstruire sur des bases saines, neuves. Morales est un grand soutien dans la communauté.

— Vous comptez briguer la mairie, commissaire ? demanda Alvarez.

Custer alla à la fontaine et se servit un gobelet d'eau.

— On ne fait pas carrière longtemps dans la rue. Le pouvoir, c'est dans les beaux immeubles qu'il se trouve, dans les grandes administrations. J'ai du travail, messieurs.

Il leur tourna le dos et alla s'asseoir à son bureau. Au moment où les deux inspecteurs allaient franchir la porte, il toussa. Les deux flics se retournèrent.

— Une dernière chose, messieurs. Les sept mille dollars de Cruz seront à déduire de vos deux salaires tous les mois.

En sortant, les deux flics maudirent le taulier et sa descendance sur au moins quatre générations.

20

Marlena avait préparé des cheeseburgers maison pour ses trois enfants. Emilio buvait une Miller High Life tout en écoutant un disque de Ray Baretto. Ses deux frères émirent des sifflements approbateurs lorsque Carmen esquissa un pas de salsa. Ray Baretto, ça c'était un musicien doué, un compositeur de dingue. On pouvait aussi mettre sur la liste des rois du swing hispanique Willie Colon, l'artiste délinquant par excellence, l'essence de la soul caribéenne. Ces types étaient portoricains, pas mexicains, mais qui en avait à foutre quelque chose quand la section de cuivre envoyait un feu du tonnerre, un torrent de groove, un magma de funk tellurique, les quatre cavaliers de l'Apocalypse sur 8 pistes ? Hector chambra son grand frère en lui expliquant que c'était Ice Cube le plus grand artiste. *Amerikkka's Most Wanted* et *Death Certificate* étaient des classiques absolus, inoxydables, incroyables. Sur le premier album de Cube, Amerikkka's Most Wanted, la production avait été assurée par le Bomb Squad, les types qui faisaient du son pour Public Enemy. C'est un énorme vacarme samplé, une hécatombe sonique. Les mecs avaient braqué la banque du son, ligne de basse aquatique, une batterie incroyable, une guerre de tranchées sur CD. Sur *Death*

Certificate, Ice Cube a rasé ses jerrycurls*, il s'est converti à l'islam et tout le monde s'en prend plein la gueule. C'est un disque rageur, suintant de provocation gratuite : Ice Cube se fout de la gueule des Oncles Toms, des Caucasiens, des Républicains, des Démocrates, des Feujs, des Coréens, des gays. Tout ça prête à sourire quand on sait que, quelque temps plus tard, le mec avait pris l'argent d'Hollywood, fait de la publicité pour St Ides, une marque de bière maltée ultra-alcoolisée qui déchirait littéralement le ghetto... Le même artiste condamnait l'autodestruction par l'alcool dans les zones sinistrées de South Central.

Emilio regarda la pochette de *Death Certificate*.

— Frérot, ce mec est un faux gangster... Il a fait des études d'architecture. Il ne connaît rien à la rue, c'est juste un provocateur. Ces rappeurs me font gerber. Mais la pochette est pas mal. Tu devrais faire des pochettes de disques.

— J'en ai fait quelques-unes.

— Ouais, mais je te parle pas de disques indés, de conneries autoproduites. Je te parle de maisons de disques, de majors. Sony, MCA, Universal, Death Row.

— Death Row ! Suge Knight est un arnaqueur de première !

— T'as pas tort.

Il but une gorgée de Miller. Hector sifflait de la Ginger Ale. Carmen vint s'asseoir entre eux.

— Alors super-flic... Tu te souviens de notre adresse, dit-elle, mi-sérieuse, mi-goguenarde.

— Je t'assure que je croulais sous le taf, p'tite sœur. On est sur une grosse enquête. C'est pas évident. Et toi, ça va ? Comment t'envisages ton examen d'entrée à la fac de journalisme ?

— Elle a eu les meilleures notes de sa formation, lâcha Marlena depuis la cuisine, une note de fierté dans la voix.

— C'est super, félicitations. Il lui donna une longue accolade, la regarda profondément : T'es superbelle, t'as vraiment poussé. Brise pas trop de cœurs, p'tite sœur !

Elle rigola. Marlena sortit de la cuisine et s'installa sur le fauteuil en face du sofa.

— J'aime voir ma famille heureuse… Il ne manque plus que votre père.

Sa voix s'étrangla en un sanglot. Emilio la prit dans ses bras.

— J'ai perdu l'habitude d'être… heureuse, sanglota Marlena dans les bras de son fils.

— T'en fais pas, maman, on va s'en sortir.

Il ne savait pas s'il croyait lui-même à ce qu'il disait.

Carmen mit un disque de Quincy Jones. L'ambiance était redevenue chaleureuse. Les deux frangins étaient dans le petit jardin envahi d'herbes folles. La nuit leur appartenait. La pénombre était trouée par la lumière hystérique d'une abeille mécanique qui bourdonnait au-dessus de L.A. la Mégalo… Un oiseau du ghetto qui braquait son puissant faisceau lumineux sur chaque anfractuosité du barrio. Les frangins observèrent le manège de l'hélico du LAPD.

— Alors, gangster, plaisanta Emilio en mimant une série de crochets au foie – Hector était supposé être le challenger –, j'espère que tu fricotes pas avec Pretty Johnny et ces connards de Locos.

— Nan, Emilio, je te jure. J'ai juste réalisé la peinture pour Ray… Repose en Paix, mec.

Il versa un peu de sa bouteille de Ginger Ale dans l'herbe.

— Repose en paix, mon cul… Ces types vivent par le glaive et périssent par le glaive. Je te jure, *hermano*, il n'y a pas de repos. Ni dans cette vie ni dans l'autre. Le repos, c'est des conneries hypocrites qu'on apprend au catéchisme. Il n'y a pas de rédemption, asséna Emilio.

— Arrête de délirer… Tu te prends trop la tête.

— T'as probablement raison.

— T'as fumé un mec ?

— Quoi ?

— Dans la rue, les mecs disent que t'as fumé quelqu'un…

Emilio but une gorgée de Miller. Il secoua la tête.

— J'ai tué une jeune fille… Et j'en suis pas fier. Une Mexicaine. Une mère de famille. Son môme doit avoir cinq ans à tout casser. J'essaie de pas trop y penser. Elle a dégommé mon coéquipier devant moi, l'organisme bourré de coke, avec un fusil d'assaut dans les bras, elle allait tous nous buter. J'avais pas le choix. La merde est réelle, p'tit frère. Ces *vatos*, ça les fait tous bander d'avoir des flingues et d'appartenir à des gangs. Mais il y a rien de bandant à tout ça. Rien de bandant quand tu vois une jeune *chica* allongée sur la table d'autopsie, les tripes à l'air. Promets-moi de ne jamais rentrer dans un gang, *ese*. T'es doué, t'as toute la vie devant toi. T'as trop de talent pour moisir ici. Le monde est vaste, faut que tu voies autre chose, faut que tu rencontres d'autres gens… Je t'aime, frérot. La *familia*.

Il frotta ses poings serrés contre ceux de son frère, également refermés.

— La *familia*, répéta Hector. J'ai vu papa hier.

Emilio tressaillit.

— Et comment il va ?

— Il fait aller et t'embrasse. Il m'a dit de te transmettre un message.

— Quel message ?

Emilio n'avait jamais pardonné à son père d'avoir brisé le foyer familial.

— Il a dit que des types de San Quentin n'appréciaient pas l'enquête que tu mènes sur un certain… Comment il s'appelle déjà ce gus ? Alberto… Alfredo Garcia. Ce type jouit d'un respect dingue à San Quentin. Ils disent que ce mec est un révolutionnaire. Ils ont mis la pression à papa.

— Merde. Emilio jeta sa bouteille dans l'herbe et se prit la tête entre ses deux mains : J'y crois pas ! Il se débrouille pour que cette histoire interfère dans la famille. Quel connard !

— Mais c'est qui cet Alfredo Garcia ?

— Un cauchemar ambulant, publicitaire du crime, la cocaïne : la tasse de thé de l'Amérique. Une vraie plaie. Un fantôme, un putain de spectre. Ce mec est un foyer d'infections de rumeurs à lui tout seul. Il est mort, il est en vie, il est en taule, il est au Mexique, il est à East Los, c'est un révolutionnaire, c'est un tortionnaire, c'est un baron de la drogue de stature internationale, c'est un messie… Emilio s'esclaffa. Un messie, mais t'y crois, toi ? Ce *puto* a passé sa vie à détruire d'autres vies. Certains ont même dit que Garcia n'existait pas, qu'il n'était que le fruit pourri de l'imagination malade d'un détenu qui purge perpète à San Quentin dans une cellule puante.

— Mais ce type, il existe ?

— Je vais te dire un secret, frérot. Jure-moi de ne pas le répéter, même à ta sœur ou à maman.

— Je le jure.

— Garcia existe. Je l'ai vu de mes propres yeux dans un labo clandestin à Monterrey Park.

À l'évocation de cette portion de la ville, Hector grimaça, il se rappelait la violence incroyable des tueurs de Monterrey Park.

— Comment t'es sûr que c'est vraiment lui ?

Emilio se frotta le crâne.

— Quand tu vois la mort devant toi, tu sais que c'est la grande faucheuse... Ça s'explique pas. J'ai vu pas mal de trucs horribles dans ma vie de flic, mais ce type peut te glacer le sang. On a l'impression qu'il a sauté le mur d'enceinte de l'enfer... Je l'avais dans ma ligne de mire, mais ses gorilles nous tiraient des tonnes de pruneaux dessus. Les deux nanas sous coke ont commencé à défourailler, après c'est parti en sucette. Bon, faut que je rentre, je commence de bonne heure demain. Je vais aller embrasser maman et Carmen.

Il se leva et disparut dans la maison. Hector pensait à Alfredo Garcia. Fallait vraiment être un putain de Michelango du ghetto pour réaliser sa fresque commémorative ! Hector imagina un chariot de feu poussé par des chevaux en flammes, avec Garcia assis dessus, faisant une chute vertigineuse dans des abysses de l'enfer. Un baron de la coke ! Le fric que toucherait Hector lui permettrait de mettre sa mère et sa sœur à l'abri du besoin. Il se marra.

Il délirait. Et il n'avait pas fumé un stick d'herbe de toute la journée.

21

La limousine de Garcia traversait les déserts lunaires de Los Angeles. Garcia était fasciné par le mysticisme marmoréen qui émanait des artères tentaculaires de cette cité de quartz. Un hélico parano déchirait le voile sombre de la nuit. L'hélicoptère semblait tanguer en altitude, comme un insecte ivre. La ville se protégeait des maraudeurs de minuit, des gangs, des assassins, des violeurs, des voleurs de voitures. Elle avait survécu aux émeutes. Rien ne pourrait plus l'abattre.

Une obscurité artificielle enveloppait L.A., des avions décollaient de LAX. Le chauffeur les amenait dans un restaurant chicos de Beverly Hills. Ils avaient rendez-vous avec les frères Veldez, des importateurs de dope guatémaltèques. Dans la voiture, Octavio était plongé dans un exemplaire de *Forbes Magazine*. Le visage des deux tueurs qui accompagnaient Garcia dans tous ses déplacements n'exprimait aucune émotion véritablement humaine. Frank Nitty écrivait des rimes sur son calepin. Garcia se fit un rail de coke, avec un billet de cent dollars en guise de paille.

— Tu comptes enregistrer un album de rap ? demanda Garcia à Nitty.

— Oui, monsieur Garcia. J'aimerais signer chez Columbia ou Atlantic.

— Les vrais gangsters ne rappent pas.

— Enfin… J'aime lâcher des rimes…

— Tu vas écrire quoi ? Tu vas dire que tu vends de la dope en circuit fermé ? Tu vas citer le nom de tes fournisseurs ? Chanter sur un disque que tu as explosé le citron d'un mec à bout portant, après qu'il a été soumis à une séance de torture chinoise. Les fédéraux vont adorer.

— Mais…

— Laisse tomber ce foutu rap. J'ai besoin d'une gâchette, pas d'un poète.

Si Nitty avait chopé les boules, il ne le fit pas savoir. Du moins publiquement. Garcia était hypnotisé par le spectacle des rues qui défilaient. Il était collé à la vitre de la limo, ses yeux froids tentant de percer le mystère planqué au cœur de cette ville. Le restaurant en jetait, pensa Nitty. On n'était ni chez KFC ni chez Fatburger. Murs lambrissés, lustres clinquants, violons en sourdine et clavecin, serveurs en redingote. Dans un décor pareil, Garcia et sa clique dépareillaient. Frank Nitty portait l'uniforme de la rue, ensemble uni Dickies et Air Force blanches aux pieds, lunettes de soleil perchées sur un crâne fraîchement rasé. Les serveurs le regardaient de biais. Ils furent conduits à la table des Veldez. Deux jumeaux en costards criards, vérolés, avec des accents à couper au cutter. Garcia repéra les porte-flingues, assis à la table voisine. Tout ce beau monde faisait tache dans ce cadre somptueux, raffiné, feutré. Les lourds couverts en argent et les lambris ne pourraient jamais masquer l'odeur de la came. On avait du mal à différencier Enrique et Pascuale, les jumeaux Veldez. Deux gros tas de merde avec des médaillons en or massif autour du cou, des représentations de la Madone, une Madone apaisée, rayonnante, qui contrastait avec les gueules de tueurs des deux frangins. Les gorilles de Garcia prirent une table juste devant celle de leur patron. Les Veldez avaient réservé une bonne moitié du restaurant. Histoire d'être tranquilles. Pascuale Veldez se servit un verre de veuve-clicquot, un breuvage français, un truc qui valait cher, et but le verre d'un trait, comme si c'était de la bière mexicaine bon marché.

— Nous avons cinq kilos de produit pur qui vont bientôt arriver à L.A. Nous savons que votre filière mexicaine connaît de sérieux problèmes en ce moment, avec tous ces fédéraux qui niquent le business à la frontière. Notre offre est sacrément intéressante.

Garcia avait eu une cargaison bloquée au Mexique. Une histoire politique. Il avait oublié d'arroser quelques hauts fonctionnaires à Tijuana. En attendant que les choses rentrent dans l'ordre, il avait besoin de dope pour développer l'activité de sa société écran Victoria, principale source de financement de la campagne de Ricardo Montalvez.

— On est preneurs, lâcha Garcia, en entamant sa salade mangue-saumon.

Le serveur apporta son plat à Nitty. Il avait lu le menu et n'avait pas compris la moitié des noms des plats. Il regarda son assiette avec perplexité et apostropha le serveur :

— Hé, mec, t'as oublié mon ketchup !

Le serveur, outré, vira à l'écarlate.

— Nous ne servons pas de ketchup dans cet établissement, lâcha-t-il, décomposé.

— Alors ramène-moi de la mayonnaise !

Octavio sourit. On peut sortir un type du ghetto, mais on ne sort pas le ghetto du type. Il se tourna vers Enrique Veldez.

— Quand livrerez-vous la marchandise ?

— Dans quatre jours.

Veldez mordit dans sa langouste comme dans un burger. Sa bouche était maculée de sauce. Garcia était écœuré.

— Il faudra que vous ayez le cash.

— Ne vous en faites pas, on l'aura. Mais la qualité du produit doit être exceptionnelle, coupa Garcia.

Enrique Veldez jeta un rapide coup d'œil aux autres tablées et dit à voix basse :

— Notre came est de premier choix… Putain, on m'a dit que vous étiez mort à Juarez, cinquante balles dans la peau.

— On vous a mal renseignés alors. Est-ce que j'ai l'air d'un macchab' ?

Nitty rigola. Enrique tiqua. Garcia s'était foutu de sa gueule ou quoi ? Le Baron lui jetait ce regard vitreux qui mettait les gens mal à l'aise. Une tension palpable avait submergé la table. Un pop éclata. Les gorilles de Garcia se raidirent, mains sur la crosse. Ceux de Veldez massaient déjà la crosse de leur Smith & Wesson sous la table. Nitty avait cessé de mastiquer. Octavio était blême. Les jumeaux Veldez avaient la bouche grande ouverte. Garcia souriait. Le serveur venait de faire sauter le bouchon d'une bouteille de Moët. La tablée fut pliée en deux d'un rire presque laxatif. Garcia avait rigolé trois fois dans sa vie, quatre avec cette fois-ci, un spectacle vraiment inhabituel. Il leva son verre en cristal et porta un toast. Les trafiquants trinquèrent. Les gorilles remballèrent leurs flingues. Ç'aurait été dommage de plomber l'ambiance d'un chouette endroit comme celui-ci. Garcia observa les autres clients du restaurant. Il se demanda quels vices cachés, quelle corruption rampante, quels drames microscopiques de la folie ordinaire, quel enfer climatisé se dissimulaient derrière ces sourires façonnés par des dentistes à cinq mille dollars la consultation, ces visages bronzés, ces tailleurs Chanel, ces montres Rolex étincelantes, ces nez hautains remodelés par un chirurgien esthétique de Beverly Hills. Il regarda Nitty. Ce type réclamait du ketchup pour accompagner sa sole meunière, parlait un argot hiéroglyphique, portait des sapes de gangster, mais son authenticité crevait le plafond. Le mec ne trichait pas. Et c'est quelque chose que Garcia appréciait plus que tout.

22

John Robinson, prédicateur de rue, quartier de Watts, Los Angeles, trente piges au moment des émeutes : « Les émeutes de L.A. en 1992, ç'avait été le Grand Chambard, Helter Skelter, pour reprendre une expression popularisée par le tueur en série Charles Manson, celui qui a charcuté Sharon Tate, la meuf de Roman Polanski, dans sa baraque de Bel Air. La Ville des Anges déchus n'avait jamais aussi bien porté son nom. Les ghettos grillaient, les tiéquar-bonisés, les pillards braillards chantaient des chants paillards en s'enfuyant avec une TV haute définition dans les bras, sorcellerie vaudoue, incantations païennes, Hocus Pocus. Des vieilles femmes qui couraient avec des rouleaux de PQ, OPA sur la rue, comme s'il fallait nettoyer Compton, Watts d'une merde originelle, chiée par Christophe Colomb, ou les pèlerins d'un *MayFlower*. C'était chaud, mon frère. Un micro dans une main, un flingue dans l'autre, j'ai essayé de canaliser cette énergie apocalyptique, lui donner une direction. Les frères et les sœurs ne complotaient pas, ce n'était pas un mouvement réfléchi, mais une éruption contestataire spontanée, une éruption d'acné dans le visage pâle et juvénile de l'Amérique. Ça tirait dans tous les sens, je leur ai dit que l'Armageddon était proche, que les cavaliers de l'Apocalypse étaient en route pour Watts, qu'ils portaient des bandanas à la couleur des GUN, Guérilla urbaine noire. Mais une chose était marrante dans tout ce merdier, c'est que Gil Scott Heron était complètement à côté de la plaque : la révolution a été télévisée. Émeutes électroniques sur General Electric, les frères à l'agonie sur Sony, eschatologie pour Mitsubishi. Le tube cathodique vomissait nos vies à plein tube dans les salons des banlieues cossues américaines. Tu pouvais zapper sur les stations de nos traumas, les chaînes de nos désarrois, la télécommande était une clé pour pénétrer dans nos souffrances intérieures, à travers ces boutiques brûlées et ces marchandises volées. Le dieu Dollar nous avait craché à la gueule, et voilà que les frères plus capitalistes que Donald Trump chourent tout ce qui peut être chouré : des télés, des baskets, des fringues, des Cocotte-Minute... Je les exhortais à réfléchir sur le sens de ces émeutes, j'espérais transmettre à cette foule hagarde, folle, une volonté révolutionnaire, lui offrir une aube nouvelle... Mais les frères et les sœurs ont choisi de vénérer le matérialisme outrecuidant que leur a légué Christophe Colomb. Armes secrètes pour guerres muettes, c'est ce programme que les frères devraient lire, illumine le ciel comme les Illuminatis de Bavière, regarde ce billet d'un dollar, avec la pyramide qui représente le peuple, nous, et l'œil qui observe avec cynisme cette pyramide aveugle... L'œil des puissants... Mec, donne-moi un dollar, que je m'offre un burger chez White Castle, nan, j'irai pas me défoncer, promis. Allez, brother, allonge la monnaie. »

Tyrone Andrews, chômeur Imperial Courts, dix-neuf ans au moment des émeutes : « Je me suis dit que ça allait être la trêve, le cessez-le-feu, que tous les gangs de L.A. allaient s'unir et combattre les flics du LAPD et la foutue garde nationale. Mais c'était chacun pour sa gueule. Les frères se tiraient dessus, et les flics nous tiraient dessus, et les Coréens nous tiraient dessus. Les Coréens avaient sorti l'artillerie lourde. On s'entretuait et on brûlait nos propres maisons, pendant que les bourges sur la colline nous regardaient en applaudissant. Les acteurs, les avocats, les réalisateurs de la Colline. Bruce Willis s'offrait enfin une séance de ciné digne de ce nom. Alors, je vous le dis, Rodney King n'aurait jamais dû sortir sa caisse ce jour-là. Parole ! »

Jennifer Pixton, avocate, Inglewood, vingt-trois ans au moment des émeutes : « J'avais rendez-vous avec un chasseur de têtes pour un entretien très important, je ne savais pas que mon ghetto allait brûler ce jour-là. Au lieu d'aller brûler Hollywood, les gens ont mis le feu à leurs propres voitures. C'était l'enfer. Le couvre-feu, les hélicoptères qui braquaient leur lumière aveuglante sur toute voiture conduite par un Noir ou un Latino. »

Bill Randall, officier de police, Venice, trente et un an au moment des émeutes : « On a cru que c'était le jour ou les Négros et les Espingouins allaient prendre le pouvoir. J'étais en plein cœur du merdier, sur Florence Avenue, des bridés nous avaient appelés pour une histoire d'épicerie encerclée par des pillards. Je rapplique avec deux coéquipiers et qu'est-ce qu'on voit, arrivés sur place ? Des Coréens avec des M16 qui tirent sur des Négros enfouraillés jusqu'aux chicots. Les Négros voulaient piller l'épicerie des bridés, c'était pas une visite de courtoisie. J'allume un des Négros avec mon Glock, la balle lui a fait sauter l'arrière du crâne. Ils étaient huit, les Coréens quatre et nous un trio de flics pris dans la gueule du loup. Les bridés ont lâché une de ces salves. Nous, on a arrosé comme des malades, on a pris ces Négros entre deux feux. Le carton total. Aucun survivant. »

23

Hector et Oscar234 avaient lancé une razzia sur la ligne bleue du métro de Los Angeles, l'objectif était de tagguer le plus de stations possible. Un Hispanique et un Blanc dans le réseau coloré de la Blue Line, deux existences en mutation, deux existences en effervescence. Oscar234 irait sûrement bosser pour les studios Pixar, à Hollywood, il n'aurait plus jamais l'occasion de déchirer une rame de métro. Hector ne savait pas de quoi demain serait fait. Ils étaient arrivés à 7th Street/ Metro Center Station dans Downtown L.A., des sacs à dos Jansport bourrés de marqueurs à l'encre indélébile. Cette ligne traversait plusieurs quartiers et son terminus était situé du côté de Downtown Long beach.

Un train passa. Hector fit un saut de rail et balafra le flanc du métro, le « VADOR » en lettres argentées et dégoulinantes entamant son long voyage dans le système métropolitain angeleno. Hector et son pote montèrent dans la rame suivante, leurs capuches bien remontées sur le crâne les protégeant des caméras du réseau. Ils descendirent à la station suivante, Pico-Chick Hearn. Le marqueur d'Oscar bava rageusement sur les surfaces lisses de la station, le blaze Oscar234 s'étalant avec insolence dans l'après-midi ensoleillé. Les deux lascars continuèrent leur périple suburbain, ils défoncèrent avec un enthousiasme forcené les stations suivantes : Grand, San Pedro, Washington, Vernon. À ce niveau, le train traversait un vaste ghetto contrôlé par les Crips, ce gang célèbre de L.A. dont on reconnaît les membres à leurs vêtements bleus. Oscar avait la peur au ventre. Hector n'en menait pas large non plus, mais les deux vandales descendirent quand même à Slauson et défoncèrent la station. Encre acide, lettrages kamikazes, alphabets anxiogènes, brûlures calligraphiques, friction des feutres. Les marqueurs écrivaient en crachotant des équations complexes, dessinaient une algèbre de la plèbe, les lettres asymétriques profondément incrustées dans l'acier des wagons. La prochaine station, c'était Florence, la capitale mondiale des gangs, la capitale nationale du meurtre. Rien à foutre. Ils descendirent à Florence et imprimèrent leurs blazes dans cette station criminogène. Ils furent coursés par un gang de Crips, mais furent sauvés par l'arrivée de la rame. Le gang ne voulait pas prendre le risque de se choper une flopée de balles à 103rd Street/Kenneth Hahn, le turf d'un autre gang. Alors ils restèrent sur le quai à brandir leurs battes de base-ball et leurs couteaux. L'un d'eux avait même un Uzi. Hector chambra son pote, Oscar était pâle. L'adrénaline coulait dans leurs veines. Ils étaient chauds. Ils repartirent en sens inverse et se retrouvèrent de nouveau à 7th Street/Metro Center Station. Oscar et Hector sortirent leurs marqueurs et s'apprêtaient à exécuter un saut de rail quand deux vigiles d'une société privée de gardiennage, connue pour ses méthodes expéditives, déboulèrent au bout du quai : plus de deux cents kilos de frustration alcoolisée à eux deux.

— Bougez plus ! gueula le plus baraqué des deux flics.

Hector et Oscar furent un très court moment – Hector n'aurait pas su l'évaluer – tétanisés par la peur. Les deux flics étaient au bout du quai, mais ils couraient vite.

— Ils vont nous défoncer notre race. On se barre, souffla Hector à son poto.

Les deux amis sautèrent sur les rails. Ils faisaient attention à ne pas marcher sur le rail central, celui qui ferait passer la chaise électrique pour un sympathique coup de jus du dimanche. Ils jetèrent les sacs de bombes sur le bas-côté. Les flics du métro ahanaient, suaient et proféraient un nombre impressionnant d'injures et de menaces pour deux quadragénaires galopant comme des antilopes. Hors de question que ces *putos* me serrent, pensa Hector. Emilio me tuerait. Et il en avait sa claque, de servir de sac d'entraînement à tous les enfoirés de castagneurs de la ville. Il se souvenait des MPK et, pendant qu'il courait comme un dingue, ce vieux titre de Schooly D, *PSK What Does It Mean ?* était joué par un vieux poste dans la cave de sa mémoire. Grain de son crade, beat malsain, flot découpé à la serpe, lyrics sous scellés. PSK, ça voulait dire Park Side Killers, le gang auquel appartenait le rappeur de Philadelphie. Au programme : rien que de la douleur, mon frère.

C'est alors qu'il fit volte-face, une vague de bien-être le submergea quand il arracha son Walther PPK au cocon douillet de la poche de son pantalon Carrart, et qu'il le braqua sur les deux vigiles. La crosse du flingue entre les pognes, des picotements dans la région du bas-ventre, son cœur qui battait à se rompre, Hector éclata de rire, il pouvait effacer ces deux connards, là tout de suite, mec, c'était bon de ressentir ce genre de sensation. Mieux qu'une baise ou un bédo. Oscar234 fut figé par cette vision incroyable, Hector, calibre à la main, et ces deux connards de vigiles pétrifiés. Jouissif, frère. Les deux gardiens lâchèrent leurs matraques et jetèrent leurs bombes lacrymos sur les rails. Hector et Oscar tapèrent un sprint prodigieux vers l'une des issues de secours réservées aux ouvriers du réseau.

Une heure plus tard, les deux ados glandaient sur Hollywood Bd. Ils étaient tirés d'affaire.

— Putain ! refais plus jamais un truc pareil, gueula Oscar234.

— Putain, mec, ils allaient nous buter ! Tu voulais encore rentrer chez toi avec la gueule de traviole. Moi, je pouvais pas. J'en ai ras le bol de me faire éclater la tronche parce que je pratique mon art.

Il alluma un stick d'herbe. Oscar aspira goulûment la fumée quand son pote lui passa le joint.

— Elle est bonne, fit-il remarquer.

— C'est des mecs de Long Beach qui me la fournissent. Je leur avais fait un mur là-bas.

— Putain, Hector, t'as sorti le Walther PPK si vite que j'en croyais pas mes yeux ! T'aurais vu la gueule des vigiles. C'était jouissif, mec !

— Je me disais, *hombre*, que cet après-midi a été vraiment particulier. Après, tout sera différent.

— Qu'est-ce que tu veux dire ?

— Je veux dire qu'à la fin de l'été, on sera amenés à faire des choix... On va peut-être aller au collège, ou dans des nouvelles écoles. Peut-être même changer de ville. On n'aura peut-être jamais plus l'occasion de défoncer les murs de Watts !

Ils rigolèrent, mais ce fut un rire triste.

— Je pense pas encore à ça... Quoique je ne sois pas mécontent de quitter mon lycée de premiers de la classe à Wilshire, lâcha Oscar.

— Et moi, tu crois que je me plais à Garfield ? Mais bon, on va faire des choix importants. Toi, tu seras peut-être un grand critique de rock underground… Ou alors dessinateurs de pochettes pour des labels punks indés… Moi, je me vois continuer dans les arts plastiques. Peut-être exposer en galerie, tu te rends compte, moi, le peintre du barrio, l'artiste du ghetto !

Oscar fit une accolade à son pote.

— T'es doué, *ese*, tu t'en sortiras.

— T'es le seul Anglo que je connaisse qui parle comme un Chicano.

— Et toi le seul Chicano qui écoute du punk rock…

— Enfin, ma came, c'est le hip-hop, qu'on s'entende bien… Mais bon, j'aime bien l'énergie qu'il y a dans le punk rock.

— Le rock, c'est les Noirs qui l'ont créé, s'enthousiasma Oscar. Tu prends n'importe quel bluesman du delta du Mississippi, il est plus rock que n'importe quel Rolling Stones, n'importe quel Elvis. Il pompa son joint si fort qu'il fut pris d'une quinte de toux : Le rock, mec, ça vient des plantations, des usines, du gouffre, des églises, Rockin'the Church, les mecs entraient en transe, communiaient avec l'esprit invisible et intemporel…

— On l'a bien déchirée la ligne bleue…

— Grave. Ton frère aurait pas apprécié. Avoir un frère dans la police, quand on vit dans le barrio, c'est quand même merdique.

Hector regarda son pote et éclata de rire. Oscar rit à son tour. Simulacre de pugilat dans l'après-midi de la faune de Los Angeles.

24

La copine d'Emilio était une vraie rebelle. Elle était avocate commise d'office, la poubelle du barreau. Elle passait son temps à prodiguer des conseils pourris à des types promis aux barreaux. Pas d'argent à gagner et un tas d'emmerdes à la clé. Quand les types se faisaient allumer par le juge, ils finissaient toujours par menacer leurs avocats. Dorothy aurait pu défendre des dealers et se faire un paquet de biffetons, mais elle avait cette rage en elle, une rage qui avait survécu au passage à l'âge adulte, une espèce de candeur acide, elle n'était pas encore passée de l'autre côté du miroir.

Le système judiciaire était une machine molle et folle, il écrasait l'individu qui avait eu la malchance de s'y perdre. La plupart des prévenus préféraient marchander leurs peines avec le proc plutôt que de laisser leur sort entre les mains d'un commis d'office, plaidoirie lacrymale, biographies misérabilistes, des types sans éducation venus du ghetto, et qui finissaient invariablement par se présenter devant le juge, démarche chaloupée, arrogance juvénile, avec cette inexpugnable envie de gueuler : « Merde au monde ! » Elle avait du cran, du jus, de la répartie, elle dealait quotidiennement avec la misère humaine, la drogue, les flingues, la prison, le chômage, luttes microscopiques pour la survie. Elle était en train de l'engueuler.

— J'ai pas envie de faire un môme avec un flic frustré qui frappe des suspects menottés, c'est quoi ton flingue ? Un prolongement de ta bite, c'est ça ?

— Eh, qui t'a parlé de cette affaire ? Morales ? L'enfoiré...

— Peu importe. Ça me casse les couilles, c'est tout, je tenais à te le dire.

Elle était à poil et en pétard. Chouette fille, pensa Emilio. Mais son machisme de pacotille lui fit faire le commentaire de trop.

— Yo, *chica*, j'adore comment ce jean comprime ton joli cul ! Tes clients, j'espère qu'ils sont menottés quand t'es dans leur cellule... Les pauvres !

Elle lui jeta son peigne au visage, il esquiva.

— Tu sais quoi, t'es un connard qui passe sa journée avec ses potes flics à jouer au concours de celui qui a la plus grosse.

Elle s'habilla rapidement et quitta l'appartement.

Il appela San Quentin pour prévenir l'administration de la prison qu'il allait passer rendre visite à son père, mais dans un cadre professionnel. Il alluma la télé, tout en avalant un bol de céréales. Dans la Pontiac qui l'emmenait à San Quentin, il pensait à Alfredo Garcia.

Il montra sa plaque aux gardiens et fut rapidement conduit dans une petite salle d'interrogatoire. Reuben l'attendait. Il buvait un Coca. Emilio fit un signe de tête au gardien et celui-ci s'éclipsa. Le patriarche avala une gorgée.

— Tu ne prends pas une chaise ? dit-il à son fils.

— J'ai passé pas mal de temps assis dans ma caisse, coupa Emilio. Bon, explique-moi, c'est quoi ce truc avec Alfredo Garcia ?

Reuben faisait tourner la canette entre ses mains.

— Les types ici n'apprécient guère ton enquête sur Garcia.

— Quels types ?

— Les gangs mexicains.

— Ils t'ont mis la pression ?

— Disons que c'est pas évident pour ton vieux père. Garcia est très populaire dans cette taule.

— Me ressors pas ce baratin sur Garcia... Révolutionnaire mon cul ! Ce type est un foutu criminel. C'est un tueur.

— De quoi tu parles, Emilio ? On parle là d'un authentique leader chicano, ce type est une légende, la mutinerie de Folsom, la trêve historique de San Quentin, le texte historique la Victoria, l'exaltation de l'héritage aztèque, de la Raza...

Le mot Victoria explosa en impacts multiples dans le cerveau d'Emilio. Son cœur battait à cent à l'heure. Garcia avait un plan, maintenant il en était convaincu.

— T'as dit quoi ? coupa-t-il.

— L'exaltation de l'héritage aztèque...

— Non avant, la Victoria.

— Quoi la Victoria ?

— C'est quoi la Victoria ?

— C'est un texte qu'il a publié au début des années 80, dans la prestigieuse revue des prisonniers politiques aztèques. Ce texte a eu un incroyable retentissement dans toutes les prisons de ce pays, dans les médias, dans la sphère éducative, politique, sociale.

— Quoi, tu vas me dire que ce type écrit des essais ? Et moi, je suis un putain de Shakespeare basané, ironisa Emilio. Bon, faut que je me casse, bonne journée Reuben. Et protège tes arrières.

Dans la voiture, il était surexcité. Il appela Castle sur la fréquence de la police.

— Ouais, Emilio, qu'est-ce qui se passe ?

— Fais-moi un topo complet sur la société Victoria.

— La société représentée par cette enflure de Lamont ?

— Exact… Je sors de San Quentin, là. J'ai parlé à mon daron. Victoria, c'est le nom d'un texte politique écrit par Garcia dans les années 80.

— Quoi ? C'est Garcia qui est derrière la société ?

— J'ai l'impression, oui. Lamont est le conseil de Garcia. Mais pourquoi Garcia investit-il son pognon dans une entreprise de BTP ?

Il parlait davantage pour lui-même que pour son coéquipier.

— Ça, on va tâcher de le découvrir.

Sur le pare-chocs de la voiture juste devant lui, un pick-up Ford gris métallisé, un sticker proclamait : « En cas de rapture, faites gaffe, la voiture n'aura plus de conducteur. »

Emilio rigola. Les chrétiens fondamentalistes croyaient que le jour de la fin du monde, Jésus descendrait sur terre pour sauver les heureux élus, ils monteraient directement au ciel, c'était ça le rapture, l'enlèvement suprême. Et les autres ? Et bien les autres ils seraient annihilés sur terre. La colère divine s'abattrait sur eux. Ce connard dans son pick-up anticipait son ascension céleste. Tu forces trop sur le Jack Daniel's si tu veux mon avis, pensa Emilio. Son gros téléphone portable sonna. C'était sa mère.

Le visage du flic s'assombrit d'un coup.

25

Hector dessinait un aileron de requin sur la carrosserie de la Chevrolet de Pretty Johnny, au pistolet à peinture. Pretty Johnny buvait une Old English camouflée dans un sac en papier brun, pas le temps d'avoir des emmerdes avec les flics. C'était une belle journée, et le petit graffeur avait chopé l'inspi, fumé un spliff, trouvé un motif extra. Big T, les yeux injectés de sang, tisait sa bière maltée au goulot, la chemise Pendleton uniquement boutonnée au col, laissant apparaître un débardeur qui faisait saillir des muscles gagnés à la salle de gym de la prison pour délinquants juvéniles. Rien à faire de la journée, que des mastodontes qui soulèvent de la fonte, bras de fer, gangbangers haltérophiles, mescaline, créatine et vitamine de cheval. Big T montra Hector du doigt.

— Hé, Johnny ! Pourquoi tu laisses ce *puto* customiser ta caisse ?

Pretty Johnny sourit et ne répondit pas. Big T s'approcha de la voiture, Hector était agenouillé près du flanc droit.

— Hé, *puto*, t'es pas avec ton petit copain anglo aujourd'hui… Qu'est-ce que tu fous avec ce bouffon, de toute façon ?

Hector portait un masque et le bruit produit par la compression de la peinture dans le pistolet l'empêchait d'entendre quoi que ce soit. Il jeta un coup d'œil sur le trottoir d'en face et vit Lil'Manny, Eugene145, Tito234, Carmila et ses copines, Jenny et Gina. Il remarqua que le ventre de Carmila avait encore pris du volume. La graine desséchée de Ray Dog dans le corps fertile de Carmila, les mystères de l'insémination, processus chimique, réactions chimériques. Il voyagea un instant dans le magma cellulaire de la matrice de Carmila, flottant comme une libellule dans un océan d'ovules, la semence de Ray maintenant réduite à un bouillonnement d'écume triste, homicide spermicide, la révolution hormonale aperçue dans un clin d'œil de l'esprit.

La Pontiac d'Emilio pila brutalement sur Whittier Boulevard, à l'endroit où se trouvait la maison de Marlena Alvarez. Emilio entra en flèche dans la baraque et en ressortit quelques instants plus tard avec un objet étincelant dans la main, suivi par sa mère et sa sœur. Il traversa rapidement la rue, en planquant le flingue dans la poche de son coupe-vent vert bouteille. Hector était toujours en train de peindre la voiture quand il sentit une poigne de fer le soulever violemment du sol par la nuque. Son frère arracha son masque de protection avant de lui administrer une violente gifle. Hector fit un bond en arrière, la joue cuisante. Emilio mit un grand coup de pied dans le cul de son petit frère, qui tomba lourdement à la renverse.

— Alors, petite merde, t'es un gangster maintenant, t'es un dur ? T'es un tueur, hein ? Un putain de tueur ? Alors relève-toi, petite merde.

Il le releva brutalement, tandis que Tito234 et Eugène145 essayaient de faire rentrer Marlena et sa fille à la maison.

— Ne lui fais pas de mal, hurlait la mère en larmes.

Emilio gifla son frère à deux reprises. Tout le quartier était sorti pour assister au spectacle... Gratuit. Autant dire que c'était la fête. Hector morflait. Pretty Johnny et Big T s'approchèrent d'Emilio.

— Hé, mec, c'est pas parce que t'es flic que tu peux..., lâcha Johnny.

Il n'eut pas le temps de finir sa tirade, qui se voulait intimidante, Emilio dégaina le Walther PPK et le braqua vers les deux gangsters.

— T'as un problème, *puto* ? demanda Emilio, la rage contractant chaque trait de son visage.

Les deux gangsters reculèrent prestement, tout en levant les mains.

— C'est toi qui lui as filé ce PPK ?

— T'es dingue ou quoi ? J'ai pas filé ce flingue à ton frère... J'ai rien à voir avec cette arme.

Emilio gifla encore son frère.

— Où t'as dégotté ce flingue ? Réponds ! Je sais qu'il est à toi, ta mère l'a trouvé en passant l'aspirateur sous ton lit.

— C'est... C'est un type qui se fait appeler Mister 45. Il a une boutique sur Sunset, *Élévation cosmique*, ou un truc du genre... Hector pleurait : C'était juste pour me protéger, Emilio, je suis désolé.

— Rentre ton cul à la casa. Et que je te voie plus traîner dans la rue. À partir d'aujourd'hui, c'est école-maison, maison-école.

Hector rentra illico. La douleur d'avoir déçu son grand frère était encore plus grande que la honte qui le submergeait. Se faire tabasser devant tous ses potes, foutue journée.

— Ne le mettez pas dans vos combines ou je trouverai bien un flingue dans vos falzars, et je vous garantis que vous n'êtes pas près de revoir la lumière du jour.

Les gangsters le regardaient. Ils avaient la rage. Mais le flic, lui, à cet instant-là n'avait pas la rage, il était la Rage incarnée. Emilio regagna sa Pontiac et démarra en trombe.

— Putain, qui c'est qui va finir ma bagnole maintenant, soupira Pretty Johnny.

Le Chinois à la caisse était en train de compter sa monnaie quand il vit un flic hispanique et un flic noir, arborant leurs plaques autour du cou. Les keufs lui firent signe de la boucler, un doigt coléreux plaqué sur la bouche d'Emilio. Le Chinois leur indiqua l'étage d'un signe de tête et ne demanda pas son reste. Il fila avec l'argent de la caisse. Il n'avait pas trop envie de faire connaissance avec les agents des services d'immigration.

Castle frappa à la porte, le Glock arrimé à la main. Raymond Dickinson ouvrit et se prit une méchante droite dans la mâchoire. Emilio se massa le poing en grimaçant. Raymond était par terre, la bouche en sang, il essayait de se relever. Les deux flics le tenaient en joue. Castle le releva sans ménagement et le menotta. Il regarda la salle d'armes, les flingues et les munitions. Il siffla.

— Waow, tu comptes renverser le gouvernement fédéral avec tout ça ? ironisa Castle.

Emilio se tenait bien en face du vendeur de flingues, il était à quelques centimètres de lui et pouvait déchiffrer l'arrogance et la suffisance dans sa rétine, il lui enfonça son index dans la poitrine.

— Ça te fait bander de vendre des flingues à des gamins, *puto* ? Toi, tu rentres dans ta banlieue résidentielle pendant que les mômes s'entretuent avec les flingues que tu leur as refourgués. Mais c'est pas grave, hein, tant que c'est des gamins du ghetto... Si t'avais vendu des flingues à des petits richards de Beverly Hills, ça ferait longtemps que le bureau des armes à feu t'aurait fait fermer boutique.

— Vous vous trompez, inspecteur. J'ai commis une grossière erreur, il y a deux semaines, avec ce môme. Je ne vends habituellement jamais d'armes à feu aux Nègres et aux Métèques.

Un sourire s'esquissait sur son visage tuméfié. Les deux flics échangèrent un regard interloqué. Castle abattit la crosse de son calibre sur le crâne de Raymond, qui tomba comme une lourde masse.

— Mec, c'est pas toi qui me disais de ne jamais frapper un type menotté ? rigola Emilio.

Castle détacha les menottes.

— Qui a dit qu'il était menotté ? Il t'a sauté dessus avec un flingue à la main. Castle posa un Colt près de la tête de Raymond : Il a de la chance qu'on l'ait pas buté. Quelle enflure, ce mec...

— Appelle le bureau des armes à feu. Ce type pourrait bien les intéresser.

Castle composait déjà le numéro, à partir du poste fixe de l'arsenal clandestin.

26

Ricardo Montalvez avait participé toute la journée à un colloque sur la politique de la ville à Santa Monica. Il avait regagné son hôtel vers dix-neuf heures, bu quelques whiskies, appelé sa femme, Rachel, et ses deux enfants, Diego et Cindy. L'hôtel était classieux. Ricardo pensa à la mairie de Los Angeles. Il avait toutes ses chances. Il était jeune, talentueux, plutôt beau gosse, et il avait l'avantage de bien connaître les problèmes de la communauté hispanique. Il était mexicain, né aux États-Unis, mais soucieux de préserver son identité aztèque. Ces derniers jours avaient été bizarres. Les donations de la société Victoria pleuvaient sur son bureau, des cadeaux aussi, comme ce séjour pour quatre personnes dans un club select de Saint-Domingue. Le magnum de champagne Moët. Les tickets pour le match des Lakers. Des billets pour le concert de Santana, et pour l'Opéra.

L'argent était le nerf de la guerre. Ses adversaires politiques, qui briguaient eux aussi la mairie et le conseil municipal, possédaient un solide réseau de soutien, donateurs, mécènes, industriels, stars du show-biz. Malgré l'appui de quelques lobbies mexicains, la campagne de Ricardo manquait cruellement de fonds. C'est alors que ce type, Alfredo Garcia, avait surgi, *deus ex machina*, avec de l'argent comme s'il en pleuvait, investissant son fric sur Ricardo. Il s'était évidemment renseigné. Le type avait une réputation sulfureuse, comme la moitié des mécènes de cette ville. Ses détracteurs disaient qu'il avait fait de la prison, qu'il était connecté à la mafia. Ses supporters louaient ses qualités de chef spirituel de la communauté. Ricardo était partagé. Il se méfiait de ce type. Il avait sûrement un plan, sinon il ne mettrait pas d'argent sur la table. On était en Amérique. Retour sur investissement. Il se servit un Four Roses, tout en regardant un match de basket à la télé. On frappa à la porte. Il se leva. Le service d'étage ? Il n'avait rien commandé. Il ouvrit la porte. La fille qui se tenait dans l'embrasure était tout simplement volcanique. Elle semblait prisonnière de sa petite robe moulante, formes généreuses, mutines, câlines, latines.

— Oui ? questionna Ricardo, dont l'œil plongeait dans le décolleté abyssal de la fille.

— Bonjour, je suis Ginger Lopez, du comité d'organisation de la politique de la ville. Je suis vraiment désolée de vous déranger à cette heure tardive, monsieur Montalvez, mais les gens de la com ont oublié de vous donner le petit formulaire…

Elle lui tendit le formulaire.

— Le petit formulaire, répéta bêtement Ricardo, hypnotisé par les deux ogives mammaires qui ne demandaient qu'à jaillir de leur rampe de lancement.

— Puis-je entrer ? demanda la fille d'une voix suave.

— Je manque à tous mes devoirs, bafouilla Ricardo.

Elle entra dans la suite, suivie par Ricardo dont les yeux épousaient le rythme de basse aquatique de la croupe de Ginger. Elle s'assit sur le sofa moelleux. Jeu de jambes galbées. Rien que le frottement de ses bas provoquait un raz-de-marée sanguin dans les vaisseaux de Ricardo. Merde, il fallait qu'il se contrôle. Il pensa à l'éprouvante bataille politique qu'il était sur le point de mener. La tension retomba d'un cran. Il passa les doigts dans son épaisse chevelure couleur de jais pour se donner une contenance. Il se frotta les mains, genre posture électorale.

— Désirez-vous boire quelque chose, madame Lopez ?

— Mademoiselle, corrigea Ginger avec un charmant sourire de contrefaçon. Je prendrais bien un gin tonic.

— Gin tonic, ça marche, dit Ricardo, il se débarrassa discrètement de son alliance tout en se dirigeant vers le minibar.

*

Dans le 4 x 4 Chevrolet garé dans le parking d'un hôtel d'une luxueuse chaîne, Frank Nitty asticotait le bouton de la radio pour se trouver une station hip-hop. Sur la banquette arrière, Raoul et Paulo, les deux gorilles de Garcia, étaient plongés dans la lecture de *Sports Illustrated.* Raoul avait remplacé César au pied levé. César avait signé un contrat d'embauche avec son sang, il connaissait les règles. Un porte-flingue meurt rarement dans son pieu, ce qui vaut à ce job un gros turn-over. Octavio était au Mexique pour régler une affaire urgente, aussi Garcia avait mis Nitty sur ce job. Une manière indirecte d'évaluer ses aptitudes. Pour durer dans ce business, il ne suffisait pas d'allumer un mec, n'importe quel crétin avec un flingue est capable de vous plomber, il fallait de la cervelle, de la matière grise. Le truc qui le saoulait, c'est qu'il devait se farcir la paire de sumos psychopathes. Les deux demeurés Raoul et Paulo.

Il tomba enfin sur un morceau de rap, c'était *Whatever* de Jeru the Damaja, un rappeur de Brooklyn, East New York, pour être exact. Produit par DJ Premier, le son était incroyable, novateur, sample aérien, ligne de basse cristalline, le leitmotiv vous trouait le crâne, les paroles étaient comme en apesanteur au-dessus du ghetto. La pureté du gimmick au piano contrastait dangereusement avec l'atmosphère délétère et désespérément ghetto amenée par l'artiste. Nitty savoura le morceau. Pedro émit un raclement de gorge.

— Qu'est-ce qui se passe *ese* ? demanda Nitty en regardant le gorille dans le rétro central.

— On va aller voir si Montalvez a fini...

— S'il a fini ? Mec, si j'étais dans une suite avec une gonzesse comme ça, j'aurais jamais fini, tu piges ?

Il éclata de rire. Sa blague atterrit mollement dans l'électroencéphalogramme plat des deux porte-flingues.

— Putain, décoincez-vous un peu les mecs ! Ça fait même pas une heure que la fille est dans la chambre de ce politicard.

Frank Nitty haïssait les politiciens. Selon lui, ce n'étaient que des baratineurs corrompus. Ils ne bougeraient pas le petit doigt pour les gens du barrio. Les deux gorilles étaient de nouveau en train de comater sur les résultats de la conférence de baseball de la côte Ouest, un temps fort de la saison. Nitty se roula un spliff. Il écouta encore du hip-hop.

— Merde, Nitty, et si tu nous mettais des tubes latins ? s'enquit Paulo.

— Ces tubes latinos ultra-commerciaux, ces bluettes de crooners mexicains gominés... Vous kiffez ce genre de truc ? leur demanda Nitty d'un air dégoûté. Pas question que j'écoute ce genre de merde dans ma caisse.

— Alors mets-la un peu en sourdine, ta musique de Nègres, lâcha Paulo.

— Calme-toi, mec. Ça sert à rien de t'exciter. C'est pas bon pour ton cœur.

— T'es cardiologue, maintenant, soupira Paulo.

— Arrêtez tous les deux, vous me tapez sur le système à vous chamailler comme des mômes, dit Raoul, d'une voix fluette qui contrastait avec son physique de quarterback.

Frank Nitty zieuta sa Rolex. Il sortit son téléphone portable, une véritable machine à laver, et composa le numéro de la réception.

— Bonjour, je voudrais parler à M. Ricardo Montalvez, dit-il à l'employé de la réception.

Au bout de quatre sonneries, Ricardo décrocha.

— Oui ? dit-il d'une voix enjouée.

Nitty entendit les gloussements de l'escort-girl derrière.

— Désolé de vous déranger, monsieur Montalvez, c'est John Henry du room service. Nous servons une petite collation surprise aux clients qui occupent des suites Premium, un magnum de champagne Moët & Chandon, des canapés caviar, saumon, tarama, et un délicieux sorbet aux fruits frais.

— Ça a l'air délicieux.

— Quand voudriez-vous que l'on vous apporte cette collation surprise ?

Ginger enfonça sa langue dans l'oreille du politicien.

— J'ai faim, rigola Ricardo. Disons, dans dix minutes.

— Parfait, monsieur Montalvez. À tout de suite.

Frank Nitty raccrocha.

— Putain, t'es doué pour la comédie, toi, lâcha Raoul, tout en tâchant d'extirper de la voiture ses cent vingt kilos de muscles.

Nitty verrouilla les portières derrière les deux malabars et ils prirent l'ascenseur du parking. Ils arrivèrent au cinquième étage par l'ascenseur de service. Porte 514. Nitty frappa deux coups secs.

Ricardo embrassait goulûment Ginger.

— Tu m'as donné rudement faim, plaisanta Ricardo en enfilant un peignoir griffé. Il s'avança vers la porte pour réceptionner la collation lui-même, il ne manquerait plus qu'un employé de l'hôtel le reconnaisse et passe un coup de fil à la presse à scandale. Il ferait les choux gras de tabloïds bien baveux, entre la starlette hollywoodienne cocaïnée victime d'un malaise cardiaque pendant une remise de trophée et un célèbre dentiste de la Colline accusé d'attouchements sur un môme de onze ans. Il voyait d'ici les gros titres : « Un prétendant à la mairie de Los Angeles, marié et père de deux adorables enfants, surpris au lit avec une jeune organisatrice d'un colloque auquel il participait. » Le trou de balle du vedettariat : les tabloïds grouillent d'hémorroïdes. Bon, certes, il avait déconné. Mais qui n'aurait pas failli ? Pour désamorcer la bombe à fragmentation lascivement allongée sur le water-bed, il aurait fallu appeler le service de déminage. Il aimait tendrement sa femme et était fou de ses gosses, mais il était les trois quarts du temps sur la route, parcourant le pays de long en large pour assister à des conférences, des conventions, des séminaires, des colloques. Les chambres d'hôtel impersonnelles avec *Pay Per View* et minibar, c'était son quotidien. La solitude du politicien.

Nitty cogna encore deux coups. Il entendit un « J'arrive » derrière la porte. Quand Ricardo ouvrit, son sourire fondit comme un glacier bombardé de rayons UV. Un jeune type, habillé comme un membre de gang, encadré par deux colosses en costume sombre.

— Salut, Ricardo, dit Frank Nitty.

— Euh... On se connaît ?

Ricardo commençait à flipper. Les trois hommes de Garcia entrèrent dans la suite tandis que Ricardo reculait. Paulo referma la porte de la chambre. Ricardo jeta un œil affolé au téléphone. Merde, trop loin, pensa-t-il. Le jeune gangster lui fit un signe de tête, comme s'il avait lu dans ses pensées.

— Mais qui êtes-vous, bordel ? Vous savez qui je suis ?

— Ginger, elle, le sait maintenant, ironisa Frank Nitty.

Ricardo ouvrit grand les yeux. Il se retourna vers la fille. Il s'était fait baiser, littéralement. Dans les grandes largeurs. En altitude, la culbute de luxe.

— Désolé, Ricardo, c'est pas perso... Je dois nourrir mon môme et payer mes factures... Tant que les mecs penseront avec leur bite, j'irai pas pointer à l'ANPE, expliqua-t-elle tout en se rhabillant.

Les deux gorilles la reluquaient par intermittence, presque embarrassés par tant d'excroissance charnelle. Le potentiel érotique de Ginger aurait presque pu dégeler les blocs de glace qui leur tenaient lieu d'entrailles. Frank Nitty se dirigea vers la lourde commode de chêne et démonta un panneau derrière lequel était dissimulé un système de caméra vidéo. Il fit jaillir la VHS du boîtier.

— Un carton dans les vidéoclubs de la haute société : *Le maire s'envoie en l'air*, rigola le jeune lascar.

Ginger éclata d'un rire presque enfantin. Nitty lui remit une épaisse enveloppe et lui dit :

— Laisse pas traîner ton fils…

Elle lui adressa son plus joli sourire et quitta la suite, en équilibre précaire sur ses talons aiguilles. Ricardo se tenait la tête entre les mains. Il ne savait pas qui étaient ces types. Des maîtres chanteurs, des ravisseurs ?

— Cette Ginger, quelle incroyable *chica*. Cette fille, c'est la Silicon Valley à elle toute seule…, lâcha Nitty.

Ginger ne rentrerait pas dans son taudis en carrosse ce soir, mais avec le paquet de biffetons que lui avait filé Nitty, elle se paierait une course en taxi, ça la changerait du bus bondé d'immigrants illégaux qu'elle prenait tous les jours. Confortablement installée sur la banquette du taxi, elle pourrait alors se démaquiller, enfiler un petit gilet pour couvrir sa paire de monstrueux nibards. Elle se masserait les pieds et enfilerait une paire de tennis en toile, qu'elle gardait toujours dans son gros sac à main. Elle penserait aussi à son môme adoré pour qui elle vendait son cul et maudirait longuement le père de l'enfant, en cavale depuis trois ans.

Nitty présente la cassette sous les yeux de Ricardo.

— Je ne suis pas sûr que ça fasse marrer ta femme et ton électorat.

— Qui êtes-vous, nom de Dieu ?

— Je vais te dire un truc. Vous, les politicards, vous valez pas mieux que nous, les gens de la rue. Nous, au moins, quand on entube un mec, on lui bourre pas le mou en lui disant que c'est pour son bien…

— Épargnez-moi votre sermon… Vous voulez de l'argent ? Pour qui travaillez-vous ?

— Détends-toi, Ricardo, on n'en veut ni à ta personne ni à ton argent. Mon patron voulait juste te transmettre un petit message. Il trouve que tu lui manques de respect. Tu ne le prends jamais au téléphone, tu l'esquives tout le temps, alors que lui, il ne demande qu'un petit rendez-vous avec toi dans un restaurant sympa.

— De qui parlez-vous ?

— D'Alfredo Garcia, *ese*.

Ricardo blêmit.

— Mon patron s'est montré généreux avec toi. Il soutient activement ta campagne. Il voudrait simplement que tu lui retournes la politesse.

— Je ne sais pas... C'est une personnalité très controversée.

Ricardo n'en menait pas large, il était coincé. Il jeta un œil aux gorilles. Sûrement pas sur la liste des prix Nobel de la paix.

— Mon patron est un homme d'affaires. Un homme très influent dans la communauté.

— Qu'est-ce qu'il faut pas entendre, dit Ricardo d'une voix inaudible.

— Mon patron aimerait vous voir demain. Bonne nuit, Ricardo.

Nitty fit un signe aux deux balèzes et ils se dirigèrent vers la porte. Avant de sortir, Nitty se retourna vers Ricardo.

— Il paraît que les canapés saumon sont superbons dans cette turne... Moi, ça me dit rien. Je me ferais bien un petit KFC, du bon poulet épicé. Il se marra : Quand j'aurai l'âge de voter, je voterai pour toi.

Il éclata de rire et referma la porte sur un Ricardo anéanti. Assis sur le lit, il se versa un whisky et laissa errer son regard au-dessus d'une zone que lui seul pouvait voir.

*

Castle fumait une Newport. Emilio avalait une aspirine. Quant à Custer, il était égal à lui-même. Furax.

— Nous avons enquêté sur cette société, Victoria. Il n'y a rien à dire messieurs. Tout est clean.

Des abeilles bourdonnaient dans les bas-fonds du cerveau d'Emilio, des cafards galopaient dans le taudis de son trauma.

— Et Alfredo Garcia ? Il est clean ? s'emporta le flic des stups.

— On a contacté le FBI. Les feds nous assurent que Garcia a bien payé sa dette à la société, il a passé en tout vingt-cinq ans derrière les barreaux, la moitié de sa vie.

— Et du côté de l'Immigration ?

— L'INS nous dit que tout est O.K. D'ailleurs, Garcia a déposé une demande de naturalisation il y a deux mois.

Castle se servit une tasse de thé.

— Un futur grand citoyen américain, ironisa-t-il.

— Je peux pas croire qu'on puisse rien lui coller sur le dos, insista Emilio, avec un tourbillon d'abeilles folles qui martyrisaient ses tympans. Vous avez vérifié du côté du fisc ?

— L'IRS n'a jamais eu à se plaindre de lui. Il a même remboursé un trop-perçu.

Emilio s'adressa à Castle.

— Mec, me dis pas qu'on n'a même pas un petit truc à se mettre sous la dent. Port d'arme prohibée ?

— Négatif, intervint Custer à qui Emilio n'avait posé aucune question.

— Est-ce que le mec a déjà été interpellé pour consommation de drogue ?

— Laisse tomber, *ese*, dit Castle, résigné. On a que dalle.

— Et le mec qui nous a canardés dans le labo, c'était Jerry Lewis ?

— Dans la confusion, ça tirait de partout… On n'est pas sûrs que ça soit lui, s'avança prudemment Custer.

— C'est des conneries tout ça, Custer. Et vous savez pourquoi ?

Il regarda le commissaire avec une surprenante intensité dans le regard.

— Non, répondit ce dernier. Vous allez me le dire.

— Je l'ai vu à San Quentin, quand j'étais môme. Je rendais visite à mon père et Garcia est venu nous saluer.

— Écoutez, Alvarez. Il vaut mieux oublier cette affaire pour l'instant. On n'a aucune preuve. Son avocat ne ferait qu'une bouchée du département.

Custer quitta le bureau que partageaient les deux flics. Castle prit une Miller dans le petit frigo et alluma la télé portative qui trônait sur une étagère métallique. Il tomba sur les news du soir.

« Ricardo Montalvez, le candidat à la mairie de Los Angeles, a déclaré hier, au *Los Angeles Herald Tribune* que, s'il était élu, il proposerait un nouveau plan d'urbanisme pour la ville. Ce nouveau plan tiendra compte de l'héritage chicano qu'ont laissé de nombreux Mexicains à notre mégalopole. “La reconnaissance des bienfaits de l'immigration hispanique pour ce pays demeure mon objectif principal”, a déclaré, en substance, Ricardo Montalvez, trente-huit ans. Le candidat à la mairie bénéficie aussi de l'appui du géant de l'immobilier Victoria, qui financera une partie importante de sa campagne… »

Castle et Emilio bondirent de leurs fauteuils presque en même temps. Castle éteignit le poste. Les abeilles enfonçaient leurs dards acérés dans la cervelle gluante d'Emilio.

— C'est quoi ce bordel ? lâcha Castle.

— Tiens, je t'avais pas dit qu'il avait un plan ? Merde.

Emilio se figea.

— Qu'est-ce qui se passe, mon pote ? T'as le palpitant qui va te jouer des tours ou quoi ?

— Nan, mon cœur va bien, merci. Il se gratta la tête. Okay, je commence à piger… C'est pour ça que Custer nous demande de lâcher le steak. L'enfoiré ! Il croque, c'est sûr. T'as vu comment il était pressé d'étouffer l'affaire. La mairie, le conseil municipal doivent lui mettre la pression. C'est politique, ça pue.

Castle pulvérisa le reste de sa bière.

— Je sais pas, mec. Tu vas un peu loin là.

— Je veux en avoir le cœur net. On va aller cuisiner Montalvez.

Castle soupira. Il alluma une Newport.

— *Mi amigo*, dit-il à son coéquipier. Tu me fais penser à mon fils. T'as la tête dure comme mon fils. Ces derniers temps, on a déconné à plein tube : cinq morts au labo, on a amoché Nitty… Je veux dire, Custer aurait pu nous réduire en bouillie pour moins que ça, mais il l'a joué autrement. Il nous a laissé une autre chance. Mais là, si on va astiquer un candidat à la mairie de Los Angeles, on est bons pour intégrer le service des cartes grises.

— Okay… Tu raccroches aussi. Oublie pas qu'on a fait fermer un putain d'arsenal clandestin sur Sunset.

— D'accord, mais Custer s'est posé des questions sur l'origine du tuyau qui nous a permis d'alpaguer Raymond Dickinson. Il a direct flairé le truc louche… Ne sous-estime pas ce type, il est plus rusé que tu ne le crois.

— Frank… Qu'est-ce que tu me fais, là ? Me dis pas que toi aussi tu veux faire carrière… Genre profil bas, je fais pas de vagues, et un jour je travaillerai avec les huiles du département ?

— Écoute, Emilio, je suis un flic de terrain. J'aime la rue. C'est pas le problème. Pense à ta famille, pense à ton avenir. T'es trop intelligent pour tout faire foirer. Pour Montalvez, j'ai une autre idée. J'ai une copine journaliste au *L.A. Weekly*, elle s'appelle Sally Washington, c'est la bête noire des politiques, c'est un pitbull cette meuf, je vais lui demander de titiller Ricardo, de le faire sortir de ses gonds. Histoire de voir comment réagit le bonhomme.

— Tu la sautes ?

Castle haussa les épaules.

— Je suis marié, mec. C'est une copine de fac.

— Okay. Fais-lui le topo. On verra bien.

La migraine commençait à s'estomper. Les abeilles avaient regagné leurs ruches.

27

Une cathédrale sur La Cienega. Garcia avait choisi ce lieu pour effectuer la transaction avec les frères Veldez. Il était seul pour l'instant, assis sur un banc, la cocaïne remontant à toute vitesse ses parois nasales pour aller exciter les terminaisons nerveuses de son cerveau. Un cerveau qui était comme un accélérateur de particules, un vaisseau spatial affrontant un blizzard intersidéral, une tempête de sable d'astéroïdes. Un christ exsangue le fixait, accroché à un crucifix, cruci-fix, plaisanta mentalement le Baron, un fix, un rail de coke, je ne mangerai pas ta chair, je ne suis pas un putain de cannibale, hostiles hosties dans la bouche pâteuse d'un prêtre junkie un jour froid d'eucharistie.

Il éclata d'un rire dément, un rire qui résonna longtemps parmi les statues pétrifiées, les icônes presque punk, teint blafard de la Madone, cheveux couleur corbeau, yeux injectés de sang.

— Aide-moi, mon Dieu, implora Garcia en s'agenouillant. Il pleurait : Pardonne mes péchés et donne-moi la force de mener ma mission à son terme.

Auréolé de coke, le visage du dealer était verdâtre sous l'éclairage spectral des vitraux, le silence de tombe de la cathédrale fissuré de temps à un autre par un sanglot désincarné. Il fallait qu'il se ressaisisse. Son équipe n'allait pas tarder à arriver avec l'argent. Et celle de Veldez avec la dope. Un ange de marbre lui sourit dans un flash aveuglant. Une autre vision : L'ange blond tirait comme un possédé sur une pipe à crack. L'ange blond était un bébé cracké. Sa mère une nonne Crack Head*, adepte de la défonce immaculée. Le Baron tremblait. Il était maintenant le convive d'un banquet, le dernier repas du Christ, un apôtre de la coke entouré d'autres gangsters mystiques. La grande table était couverte de têtes de porc fraîchement coupées, d'agneaux sacrificiels, de poupées vaudoues, de bouteilles de pinard couvertes de toiles d'araignées. Un des apôtres alluma un cigare cubain et trempa ses lèvres dans un verre de cristal rempli d'hémoglobine, un autre plongea sa tête dans une petite montagne de coke, Garcia lui proposa un billet de cent dollars roulé en paille, et l'autre apôtre ricana comme un démon, le visage maculé de neige, les verres s'entrechoquaient, les dents déchiraient la viande, les mâchoires mastiquaient, les pifs sniffaient, les gorges sifflaient. Judas lâcha un petit rap, un truc sur les traîtres, Garcia ressentait une douleur insoutenable dans les yeux, sa vue se brouillait, le sang gicla en geyser et arrosa les convives de l'apocalypse, les ambassadeurs du vice, les promeneurs du Styx. Garcia était sur le point de dégueuler, la vision lui vrillait la cervelle, sa poitrine comprimée lui donnait l'impression qu'elle allait exploser dans la seconde. Défoncé jusqu'à la rétine, il toucha la crosse de son Glock. Il la vendrait cher, sa peau. Tous les diables, démons, goules, spectres, fantômes, âmes damnées qui peuplaient l'enfer, il les attendait de pied ferme. Son flingue, en aboyant, allait illuminer ces strates sombres, ces cavernes obscures dans lesquelles cramaient éternellement les gangsters. Il se ferait une place en enfer, comme il s'était fait une place dans toutes les cours de prison de haute sécurité dans lesquelles il avait été incarcéré.

— Monsieur Garcia ! Monsieur Garcia !

La voix d'Octavio le libéra de ce cauchemar narcotique. Garcia suait. Ses yeux étaient vitreux.

— Tout va bien, monsieur Garcia ? demanda Octavio, flanqué de Frank Nitty et des deux sumos.

Garcia s'épongea le front avec un mouchoir en soie, se trouva une contenance, il alluma un cigare cubain, regarda Octavio droit dans les yeux.

— Tout va bien… Les frères Veldez ont appelé ?

— Ils sont en route. Ils seront là dans quelques minutes.

— Le rendez-vous de ce soir avec Montalvez a-t-il été confirmé ?

— Ouais, répondit Nitty. Son secrétaire a appelé ce matin.

Octavio tiqua. Nitty prenait trop d'initiatives à son goût.

— T'as fait du bon boulot, Frankie.

Octavio grimaça. Ce business qui l'avait retenu à Juarez avait laissé le temps à ce branleur de gangsta-rappeur de faire ses preuves. Il avait pulvérisé la cervelle d'Armando à bout portant. Okay, Armando avait commis une faute professionnelle grave, mais il avait été son plus fidèle lieutenant. Ce Frank Nitty n'était qu'un frimeur doublé d'une grande gueule.

Raoul, l'un des gorilles, portait une lourde valise métallique bourrée à craquer de billets de cent dollars. Un rai de lumière inonda la cathédrale : les frères Veldez, suivis par leurs deux gorilles, se frayèrent un chemin jusqu'à l'autel. Mateo, l'un des gardes du corps, portait un attaché-case. Les cinq kilos d'héro, observa mentalement Frank Nitty. Pascuale Veldez serra la main glacée de Garcia. Il grimaça. La main du baron mexicain était un véritable étau. Enrique l'imita. Les Veldez saluèrent aussi Octavio et Frank Nitty. Nitty ne sentait pas ces types. Il ne savait pas exactement pourquoi. Mais ces types exsudaient une vibration négative, un karma chelou.

— Les meilleurs deals sont les plus courts, messieurs, dit Garcia.

Sa voix résonnait dans ce caisson de basse qu'était la cathédrale construite au milieu d'une avenue fantomatique.

— Nous avons l'argent, vous avez la dope. Procédons à l'échange.

Mateo alla vérifier la valise du Baron. Pendant qu'il comptait les billets, Octavio ouvrit la mallette des Veldez, jeta un œil aux cinq kilos d'héroïne, prit un couteau suisse dans la poche de son veston Armani, fit une légère incision dans l'un des sachets et goûta la marchandise. Il se leva et se dirigea vers Garcia.

— La qualité est exceptionnelle, monsieur Garcia.

Le Baron alluma un cigare, satisfait. Il sourit. Mateo avait fini de compter les biffetons.

— Le compte y est, patron.

Enrique Veldez alluma un cigare cubain. Il dévisagea Garcia.

— Vous savez quoi ? J'aime faire des affaires avec vous. Et j'aime cette ville aussi. Ça me change de Guatemala City.

— J'ai déjà été à Guatemala City. C'est une ville étouffante, répondit le Baron.

— Je me disais… Les mecs ici, à L.A., mais aussi au Mexique, ils disent que vous êtes immortel, que vous êtes le boss des deux mondes. C'est impressionnant. Mais moi, j'en ai rien à foutre de ces conneries aztèques, je vais prendre le pouvoir dans cette ville !

Il sortit son Beretta en une fraction de seconde et le plaqua sur le crâne de Garcia. En un éclair, Nitty, Octavio, Raoul et Paulo avaient dégainé leur artillerie lourde et pointaient leurs flingues sur Enrique.

— Dis à tes gorilles de jeter leurs calibres à terre.

Il palpa Garcia et trouva le Glock. Il le jeta aux deux gorilles qui tenaient en joue Octavio, Nitty et les deux porte-flingues. Pascuale Veldez braquait aussi son flingue sur les hommes de Garcia.

— Alors, t'es sûr que t'es immortel, Garcia ? l'interrogea Enrique. Dis à tes gars de jeter leurs calibres.

— Tu devrais vérifier tout de suite, murmura Garcia.

— Vérifier quoi ? demanda Enrique, dont la nervosité décuplait à vitesse grand V.

— Vérifier si je suis immortel ou pas. Je veux dire, tu veux prendre le pouvoir, alors tu dois me buter. C'est d'une logique meurtrière.

Garcia ricana. Enrique avait les yeux révulsés. Qui était ce putain de taré qui rigolait avec un Beretta vissé au crâne ? La scène avait quelque chose de surréaliste : neuf métèques exégètes avec des flingues dans une cathédrale, multiples icônes au-dessus de leurs têtes, des icônes qui les regardaient de leurs yeux béants. Ces gangsters incarnaient la liturgie du crime, le catéchisme de la rue dans sa plus pure expression.

Nitty ne pigeait plus rien du tout. Garcia était un kamikaze. Soyons sérieux : il avait un gros Beretta qui lui susurrait « Je te baise » dans le creux de l'oreille et il était détendu comme s'il était le convive d'un barbecue un dimanche après-midi. Le flingue de Nitty décrivait des courbes épileptiques de la tête d'Enrique jusqu'aux gueules de bites des deux porte-flingues, en passant par la poitrine de Pascuale Veldez.

— Alors petite salope, dit Garcia. Qu'est-ce que tu attends ?

— Dis à tes gars de lourder leurs calibres !

— Qu'est-ce que t'attends ? T'es vraiment une fiotte. Tire. Tire !

Garcia hurlait. Enrique était dépassé par l'événement. Chaque fois qu'il avait posé le canon d'un flingue sur la tête d'un être humain, celui-ci avait chié dans son froc et aurait donné sa propre mère pour avoir la vie sauve. Mais ce type-là… Enrique lisait un drôle de truc dans ses yeux : le Mexicain n'en avait rien à foutre.

— Tire ! gueula Garcia en arrachant le Beretta des mains du frère Veldez.

Il agrippa fermement le flingue et tira trois balles dans le visage halluciné du Guatémaltèque. Presque en même temps, la cathédrale fut la scène d'un opéra pour flingues, avec ténors barillets barytons, gueule de canon, chœur de douilles qui tombent sur le sol glacé. Nitty avait instinctivement tiré le premier, sa balle explosa le crâne de Pascuale Veldez comme un fruit trop mûr, suivi par les deux porte-flingues des frangins qui arrosèrent les gorilles de Garcia. Mateo fit un pas en arrière et sa balle percuta l'épaule de Nitty qui s'écroula, tandis que les gardes du corps du Baron canardaient sans répit les tueurs guatémaltèques. Mateo fut fauché le premier, suivi de près par son acolyte laconique. Octavio s'était planqué derrière une statue d'apôtre, qui le protégeait des balles des tueurs. La fusillade fut brève. Près d'une centaine d'impacts allaient être relevés par les techniciens de la police. Un christ en plâtre gisait sur la dalle, la tête arrachée, avec dans les yeux une expression d'effroi mêlée de consternation. L'épaule de Nitty pissait le raisiné.

— Ça va ? demanda Garcia à son lieutenant.

— C'est pas la mort, plaisanta Nitty en grimaçant, et en jetant des regards assassins à Octavio.

— Je connais un bon toubib qui va te remettre très rapidement sur pattes. On se barre.

Les deux porte-flingues ramassèrent l'argent et la dope. Nitty avança vers Octavio.

— Putain, mec, t'as pas tiré un seul coup de feu.

Octavio était blême.

— On se barre, ordonna Garcia.

Les gangsters quittèrent précipitamment la cathédrale. Leur limousine les attendait devant l'édifice sanglant.

28

Hector vit une forme solaire, une espèce de comète lactée. Il était aspiré dans un puits sans fond, alors que la forme devenait de plus en plus précise. En chutant dans le vide immémorial, oubliettes oniriques, il s'accrocha alors de toutes ses forces à cette forme mystérieuse, forme qui muta soudain en une éblouissante jeune fille, pas le genre de fille qui traîne devant la *bodega*, une fille faite de splendeur immatérielle et d'innocence originelle. Le rêve lui parut lointain, ancestral. Il se réveilla le cœur battant, le corps trempé de sueur. Il saisit son cahier à dessin avant même d'être allé pisser, il chercha dans les méandres de sa mémoire ne serait-ce qu'un vestige évanescent du visage de la fille. Que dalle. Sa mémoire lui disait merde. Il n'avait jamais vu cette fille de sa vie. Elle essayait de lui dire quelque chose, ça, il s'en souvenait clairement. Il taggua rageusement sur la feuille blanche. Feuille blanche avalanche de balafres, le marqueur bave mais jamais ne flanche, déclenche la fureur de l'encre… Vador, le roi des artistes pouilleux des rues, avant-gardiste auteur d'une tragédie en 3D, profanateur vaudou de fresques obsolètes, de calligraphies désuètes. Vador, le détenteur de la force obscure d'East Los, USA. Que le monde entier aille se faire mettre. Signé Vador. Son blaze dans la rue. Sur les murs. Il en avait plus que marre d'être confiné dans sa baraque. Qu'Emilio aille se faire foutre, pensa-t-il. Il l'avait rossé devant tous ses potes. Déjà que la « street credibility » d'Hector n'était pas fameuse, cet épisode familial allait précipiter Hector dans le cercle des bannis, des parias, des bouffons, des balnaves, des baltringues. Il avait perdu trois cents dollars avec le Walther PPK. Il n'avait même pas tiré une balle dans un terrain vague, histoire de sentir l'impact. Il alla dans le salon. Carmen révisait ses cours. Marlena était au téléphone. Coup de fil en PCV depuis la prison de San Quentin.

— Écoute, Reuben… Arrête.

Hector appuya sur le bouton du haut-parleur. La voix granuleuse de Reuben jaillit dans le salon.

— Refais ta vie. Ne ramène plus jamais les enfants dans cette taule. Ça ne sert plus à rien. Je ne peux plus continuer comme ça, Marlena. Je ne sortirai jamais d'ici vivant. Sache que je t'aime, toi, les enfants…

— Nooon ! hurla Marlena.

— Adieu, Marlena.

Il raccrocha. Marlena s'arracha les cheveux en braillant comme une sorcière hérétique qu'on emmène au bûcher. Hector essayait de l'empêcher de se blesser, tandis que Carmen était blottie sur le sofa. Elle pleurait.

*

Ricardo Montalvez était nerveux. Il dînait dans un restaurant luxueux de Bunker Hill, avec Garcia, Octavio et cet enfoiré appelé Frank Nitty, le jeune gangster qui l'avait piégé. Il s'en voulait à mort de s'être fait avoir comme un bleu. Coup classique en politique. Tu veux mettre la pression à un adversaire, sors une bimbo du chapeau. Il décapita un cigare. Garcia lui tendit un Zippo. Il devait composer avec ce type-là. Il n'avait pas le choix, alors autant le faire intelligemment. Quelque chose lui foutait les jetons chez le Baron. Ce type est un animal à sang-froid, pensa Ricardo. Garcia décapita un cubain, Octavio offrit son Zippo. Frank Nitty observait le candidat à la mairie. Un beau costard, qui masquait à peine le système de corruption rampante et purulente dont ce type était un parfait représentant.

Ricardo Montalvez et Frank Nitty. L'un avait le sourire carnassier et assassinait sans hémoglobine. Il lui suffisait de passer un coup de fil à la presse, couper le robinet à subventions, mentir sur le taux d'amiante dans les cités HLM pour s'éviter un surplus de travaux et mettre l'argent du contribuable dans sa poche. Résultat probable de cette opération : les locataires décéderaient d'un cancer quelques années plus tard. L'autre cultivait son brushing, son sourire Colgate, pratiquait le golf et le polo, touchait des dessous-de-table, délits d'initiés, mais tout cela se passait derrière d'épaisses portes closes. Pas de faits-divers, pas de flingues, pas de dope, pas d'argot, pas de gangs. C'était de la politique. « Des criminels en col blanc », avait l'habitude de dire Frank Nitty. Lui était, d'un point de vue médiatique, un meilleur client. Les histoires de jeunes gangsters comme lui alimentaient les rubriques faits-divers du flash infos de dix-huit heures. Les journaleux se régalaient des kilos d'infos bien racoleuses. Les cameramen se déplaçaient dans le barrio, et trouvaient matière à moult reportages sensationnalistes : on pouvait filmer les corps dans les housses en plastique après un règlement de comptes, interviewer les gangsters tatoués, bandanas, pantalons cartonnés, voitures customisées, vélos low-rider, et en remettre une couche sur la légende urbaine de l'Hispanique qui cause la panique, l'Hispanique bionique, celui qui fume tellement d'herbe qu'il se fait greffer un poumon métallique. Ricardo et Nitty étaient tous les deux mexicains, ambitieux, et prêts à tout niquer. Seules les méthodes utilisées étaient différentes. Ça, c'était un dynamiteur commun. Ça aurait pu faire un beau rap, se dit Nitty. Un bon exercice de story-telling. L'histoire de deux Mex qui veulent choper la vie par les couilles, deux parcours que tout semble opposer mais qui finissent par converger.

— J'aime les gens qui ont un plan, expliqua Garcia.

— De quel plan parlez-vous, Alfredo ? demanda le politicien en trempant ses lèvres dans un verre de chardonnay.

— D'un plan pour cette ville. L'héritage aztèque. L.A. appartient aux Chicanos, comme toute la Californie. Un jour, nous prônerons le séparatisme, la sécession. Los Angeles et l'État de Californie nous appartiendront de nouveau, après cinq cents années d'exploitation, de génocide et d'expropriation.

Ricardo faillit s'étouffer avec son verre. Il était cramoisi, toussa plusieurs fois. Il s'essuya les lèvres avec une épaisse serviette.

— Tout va bien, Ricardo ? demanda mielleusement Garcia.

Frank Nitty avait observé la scène avec beaucoup d'amusement.

— La sécession de la Californie ? C'est très ambitieux. Mais est-ce vraiment réaliste ?

Le politicard était blême.

— Nous procéderons par paliers successifs. Dans quelque temps, cette ville nous appartiendra, Ricardo.

Il leva son verre pour trinquer. Nitty et Octavio firent de même. Ricardo leva le sien à contrecœur, et ce fut une petite pluie cristalline qui égaya l'atmosphère feutrée de cette cantine pour blindés.

*

Emilio Alvarez et Frank Castle étaient dans la voiture de service, une Crown Vic banalisée. Ils stationnaient à une centaine de mètres de la permanence de Ricardo Montalvez. Avec ses jumelles, Emilio balayait le périmètre. Ricardo venait juste de clôturer la conférence de presse qu'il avait donnée pour présenter son programme. Quand il sortit, sous ce radieux après-midi angeleno, il était suivi par une nuée de journalistes. La télé, la radio, et Sally Washington, collaboratrice d'un célèbre quotidien. Tailleur strict qui révélait une superbe paire de jambes couleur cuivre, son regard pétillant d'intelligence et de malice. Les jumelles d'Emilio s'attardèrent sur les cuisses fuselées, la poitrine saillante, sur le point de jaillir d'une petite chemise blanche. Après qu'un journaliste de la Fox eut posé une série de questions complaisantes, Sally apostropha le candidat à la mairie :

— Est-il vrai qu'une grande partie des fonds récoltés pour votre campagne a pour donateur l'ex-repris de justice Alfredo Garcia ?

Le secrétaire de Ricardo, John Vamos, arbora un sourire de circonstance, tout en guidant Ricardo vers la limousine de location.

Mais Sally était pugnace.

— Monsieur Montalvez, est-il vrai que votre campagne est financée à soixante-dix pour cent par Alfredo Garcia ?

— Oui, c'est exact, répondit Montalvez, plus raide que la queue d'un prisonnier qui tire perpète à San Quentin, et qui reluque les jambes de la nouvelle toubib de la prison.

Il aurait voulu hurler « Pétasse », là, sur-le-champ.

— Saviez-vous que M. Alfredo Garcia est surnommé le « boss des deux mondes » en référence aux liens qu'on le soupçonne d'entretenir avec le monde du crime ?

— Pour autant que je sache… Il lut le nom inscrit sur le badge de presse : mademoiselle Washington, Alfredo Garcia est un entrepreneur, un homme d'affaires respecté dans la communauté.

La mâchoire crispée, il évalua la distance qui le séparait encore de la voiture. Les autres journalistes ne perdaient pas une miette des assauts répétés de Sally Washington.

Emilio jubilait.

— Ricardo est furax, *ese*, dit-il à l'intention de Castle. Ta copine le travaille au corps.

— Je t'avais dit que cette fille était une tueuse…

— Pensez-vous qu'il y ait un lien entre la tuerie de la cathédrale de la Iluminación del Cristo, la reprise inquiétante de la consommation d'héroïne à Los Angeles et le retour d'Alfredo Garcia ? aboya la journaliste.

Ricardo tiqua. Il pressa le pas, gêné par la cohorte des journalistes qui parlaient tous en même temps. Il fit diversion en répondant à une question d'ordre économique, il s'agissait de faire baisser les charges pour les entrepreneurs et de la nécessité d'alléger la pression fiscale pour les ménages endettés…

Connard, tu fraudes impunément le fisc depuis des années car tu tiens par les couilles une huile de l'IRS, pensa Sally, dégoûtée.

— Est-il vrai qu'Alfredo Garcia dirigeait le plus puissant gang chicano dans les années 80, à San Quentin, Folsom et Chino ?

Il souffla de soulagement. Il s'engouffra dans la spacieuse limousine, la dernière salve de Sally s'écrasa mollement sur la portière du véhicule. La clim' ronronnait, il se détendit et s'essuya le front avec un mouchoir en soie de chez Lord Taylor. Dehors, Sally souriait. Elle n'avait aucune matière pour un article, mais elle était maintenant convaincue que ce type était de mèche avec Garcia. Une info juteuse pour les flics. Emilio rangea sa paire de jumelles.

— Je te parie mon dernier dollar que l'héro qui coule dans les rues de cette ville appartenait aux Veldez. Les Guatémaltèques sont les seuls en ce moment à pouvoir fournir Garcia, puisqu'il est momentanément grillé au Mexique.

Castle enfourna un donut.

— Mais pourquoi Garcia aurait buté ses fournisseurs ? demanda-t-il tout en mâchant. Il attrapa son gobelet de café au lait.

— C'est simple, *ese*. C'est sûrement lié au statut de Garcia dans la rue... Tu sais, le mythe, la légende, toutes ces conneries. Soit les Veldez ont voulu tester Garcia, et, dans ce cas, ils se sont fourré le doigt dans l'œil et deux bastos dans l'anus, soit ils ont essayé de contrôler le marché de l'héro à L.A. en tentant un putsch... Sauf que ça marche pas comme ça, on n'est pas dans leur jungle à Guatemala City. Il y a des règles à L.A.

Castle engloutit un autre donut.

— Rien que de repenser à la gueule de Ricardo quand Sally l'a asticoté, ça m'a grave ouvert l'appétit.

Il sourit et mordit à pleines dents dans le gros beignet dégoulinant de glaçage au sucre.

— Hé, mec, lâcha Emilio, vanneur. Tu l'as sautée, la journaleuse ?

Castle éclata d'un rire malicieux. Emilio secoua la tête, tout en suivant des yeux la limousine de Montalvez jusqu'à ce qu'elle disparaisse dans les profondeurs de la vallée. La vallée de l'ombre de la mort. Los Angeles s'était métamorphosé en un putain d'OK Corral.

29

Alfredo se souvenait de ce jour où, dans la cour survoltée de San Quentin, il avait réussi à instaurer une trêve entre Afro-Américains et Hispaniques. On disait Noirs et Bruns, dans le temps. C'était un jour ensoleillé d'avril, un Noir venait d'être retrouvé dans l'atelier de mécanique, le corps lardé de coups de surin. Dans la cour, les types étaient tendus comme des câbles haute tension : lames de rasoir dissimulées sous la langue, lames planquées dans le trou de balle, solstice de l'orifice, brosses à dents acérées scotchées à la jambe, haine corrosive qui jaillit des yeux injectés de sang, plein de gus avec des rictus, des cursus flippants, des casiers judiciaires cent fois déflorés, psychologie tordue de taulards, tatouages criards en guise de biographie, chaque particule de violence s'infiltrant au plus profond du ciment de la prison.

Les Noirs cherchaient l'affrontement. Ils étaient persuadés que leur frère retrouvé mort dans l'atelier était une victime sacrificielle des Mexicains. Le jeu, c'était le contrôle du trafic de dope dans les murs. Les taulards savaient que celui qui contrôlerait le circuit de la drogue à l'intérieur de la prison contrôlerait le trafic aussi à l'extérieur. Le marché était gigantesque. Mais Garcia savait qui étaient les auteurs du meurtre du jeune Noir. C'était ces enflures de la Fraternité aryenne. Diviser pour mieux régner. D'ailleurs, les aryens avaient commencé à se coller au grillage qui séparait les différents turfs. Garcia avait ce jour-là montré ses talents d'orateur, harangue la foule, fais pulser la soul, enflamme ces taulards par ton slam, son discours était brûlant comme un nouveau Vietnam, sa prose puait le napalm. La prison était une jungle psychique. Les mots de Garcia avaient commencé leurs effets, on le voyait dans l'attitude plus décontractée des soul brothers. Les aryens étaient tous réunis, croix gammées à fleur de peau, symboles putrides du IIIe Reich, faits à l'arrache par un biker mongolien, adepte des 3 B : Bière, Baise et Baston. Finalement, la tchatche du Baron mexicain avait convaincu Noirs et Bruns de ne pas s'entretuer. Calumet de la paix, accolades pour certains, salut traditionnel du ghetto. Les aryens insultaient Garcia, et proféraient des menaces à l'encontre des Mexicains. Ils lançaient des cris de singe. Garcia sentit la haine dissoudre le cœur des Noirs. Le Baron contrôlait mentalement les taulards. Impulsion télékinésique, flux magnétique parcourant chaque coin de la cour. Les taulards crevaient d'envie de vivre, malgré les canons des fusils longue portée des snipers postés aux miradors. La survie du plus apte, l'origine des espèces, cocaïne, cutter dans la bouche et Darwin, excursion survivaliste. À ce moment-là, Garcia était devenu une légende. Une légende qui avait ensuite franchi les murs de San Quentin pour aller hanter les bancs d'haltères et les terrains de sport de Chino et de Folsom.

La sonnerie du téléphone tira brutalement Garcia de ses réminiscences. Un vieux détenu, ami de longue date, l'appelait en PCV. Garcia accepta l'appel. L'information délivrée était précieuse. Il composa le numéro d'Octavio. Ensuite il fit le numéro du biper de Frank Nitty. Il sourit.

Frank Nitty observait le manège d'un vendeur de crack sur Whittier depuis sa rutilante Chevrolet, il était assis à la place du mort. Un plâtre épais emprisonnait son épaule. C'était sa meuf, Tina, qui conduisait. C-Dog dealait, le cul bien carré dans son fauteuil roulant. Une balle lui avait brisé la colonne vertébrale il y a cinq ans. Il planquait le crack dans une cavité pratiquée au-dessus de chaque roue. C-Dog était un vieux pote de quartier de Frank Nitty. Nitty voyait dans C-Dog ce qu'il aurait pu lui-même devenir s'il n'avait pas décidé de prendre sérieusement son avenir en main. Il avait préféré intégrer une grosse équipe de trafiquants plutôt que de vendre du crack en solo, au coin de la rue, à la merci du premier gang venu. Caché sous la chaise roulante, un Uzi assurait la protection de C-Dog. Il se roula un bédo tout en couvrant d'insultes un junkie hagard qui quémandait une dose à crédit. Le caillou, le roc, la rocaille, l'extase chimique, le big-bang métabolique, le coup d'état cellulaire, la dose à cinq dollars, celle qui fait qu'un junkie choure la télé de sa mère, étrangle une petite vieille pour lui piquer son sac à main, taille une pipe au diable. C-Dog jeta deux pièces de vingt-cinq cents sur l'asphalte chaud. Le junkie racla le bitume, dans un concerto de borborygmes lunaires.

— Il te manque juste quatre dollars pour ta dose, ironisa le dealer paraplégique.

Frank Nitty s'extirpa difficilement de sa Chevy et marcha rapidement vers le spot de crack. Il jeta dix dollars sur le bitume. Le junkie rafla le billet dans un spasme et regarda Nitty comme s'il avait aperçu le Messie, le Prophète, la Terre promise.

— Allez, mec, file-lui ses deux doses.

Le fric de Nitty retomba dans la poche de C-Dog, qui fila deux capsules au junkie.

— Allez, casse-toi maintenant, lâcha Nitty.

Le junkie décampa. C-Dog observa le plâtre de son pote.

— Hé, *ese*, tu t'es pas fait ça en skiant à Aspen…

— Ça, c'est les risques du métier, poto.

— T'es toujours beau gosse. Dans la rue, on dit que tu bosses pour un gros poisson. Tu continues de rapper ?

Nitty jeta un coup d'œil à sa voiture. Tina se repoudrait le nez.

— Nan, tu sais ce qu'on dit : les vrais gangsters ne rappent pas.

Il avait délibérément parodié Garcia.

— C'est dommage, t'étais le MC le plus doué de tout East Los.

Le biper de Nitty sonna. C'était Garcia. Il voulait le voir dans la demi-heure. C-Dog reluquait la Rolex de Nitty.

— Bon, les affaires m'appellent. On se revoit. Et fais gaffe à pas trop mettre en boîte tes clients, *ese*. C'est un coup à se faire dépouiller.

— T'inquiète, dit C-Dog en dégageant l'Uzi de son étui de plastique. Il saisit la crosse de l'Uzi. Ça, *ese*, c'est de la bonne came. Les Israéliens les utilisent dans la guerre en Extrême-Orient…

— Proche-Orient, mon pote, corrigea Nitty. À plus.

Il rejoignit la Chevrolet.

— Une belle caisse, une belle gonzesse… Ça marche pour cet enfoiré, murmura C-Dog, collé à son fauteuil roulant, tout en suivant du regard la Chevy qui démarrait sur les chapeaux de roues.

Garcia avait donné rendez-vous à Nitty chez Barney, un grand entrepôt sur la portion sud de Whittier. Quand le jeune dealer poussa la lourde porte du bâtiment, la première chose qu'il vit fut Octavio, la gueule en bouillie, entravé à une chaise, entouré de Raoul et Paulo, les gorilles de Garcia. Garcia était au centre de la grande pièce, il fumait un cigare cubain. Raoul envoya un puissant direct du gauche dans la mâchoire d'Octavio. Décollage de molaire. La tête du seigneur local retomba mollement contre sa poitrine. La terreur révèle l'ossature blafarde de la condition humaine, la chair à vif de l'âme humaine. Nitty fronça les sourcils. C'était dur de voir un ex-seigneur de la coke réduit à l'état de punching-ball déliquescent.

— J'ai reçu ce matin un coup de téléphone très instructif de San Quentin. Un Guatémaltèque a compris que ses jours étaient comptés depuis que les frères Veldez avaient été rayés de la surface de la terre. Il est passé à table et nous a expliqué que ce *puto*-là – il montra Octavio du doigt –, cette larve, cette limace, la lie de l'humanité, voulait tout simplement prendre le pouvoir à L.A. Et comment prend-on le pouvoir à L.A. ? Il faut tuer Alfredo Garcia.

— C'est pour ça que t'as pas tiré une seule balle dans l'église, dit Nitty, plus pour lui-même que pour le supplicié.

— On ne peut pas tuer Alfredo Garcia, on ne tue pas une légende, tonna Garcia. Frankie, tue-moi cette merde gluante.

Nitty déglutit. Encore un test. Encore un putain de test. Il s'approcha machinalement d'Octavio. Ce dernier n'était qu'un employé d'une multinationale du crime. Murder Incorporated, Crime Associated, plaisanta Nitty intérieurement. Cet employé avait commis une faute professionnelle, lourde, massive, et Garcia lui avait signifié sa mise à pied, un licenciement musclé, sordide, flippant. C'était la règle du jeu. Nitty dégaina son Glock et pointa le canon sur le visage d'Octavio. Les sphincters de l'ex-seigneur local venaient juste de lui dire merde. Une odeur nauséabonde enveloppa l'entrepôt. Ce fut le déclic. Nitty ne supportait pas la lâcheté. Quand on avait vécu comme une caillera, on mourait comme une caillera. Il tira deux fois. La première balle fracassa la mâchoire et ressortit par la nuque, l'autre entra par le front et emporta une partie du crâne, excursion balistique gore, pérégrination viscérale. Sur la corde raide, odeur de cordite. La tête d'Octavio pendait sur son thorax comme un pantin désarticulé.

Garcia avait observé Nitty pendant tout ce temps. Un type avec des burnes en béton armé. Une véritable assurance vie. Un type qui avait de l'avenir dans ce métier. Nitty regardait fixement le corps sans vie d'Octavio, hypnotisé par ce formidable déchaînement de violence qui avait duré le temps d'une œillade. Garcia s'approcha du jeune gangster.

— Tout va bien, Frankie ?

Les deux gorilles évaluaient les réactions de Nitty. La vie de voyou est un long test tranquille.

— Le dépucelage, c'est pas évident… Mais ça glisse tout seul la deuxième fois, plaisanta Nitty, se rappelant une blague à propos du meurtre que Garcia faisait souvent.

Garcia partit d'un rire détonant, comme une décharge de fusil à canon scié. Les deux gorilles furent secoués de spasmes, effrayant dysfonctionnement zygomatique. Garcia serra l'épaule de Nitty et déclara :

— Ce type, Octavio, il me fait penser à des gars que j'ai connus dans le temps. Une parole en acier, des burnes en béton. Ce genre de gars ne court pas les rues, l'époque a changé, les mecs se sont tous transformés en officine de renseignements pour les stups et le FBI. Il regarda le visage déchiqueté d'Octavio : Je vais faire passer un message. Demain, ce *puto* fera les gros titres des canards de Los Angeles.

— Un message ? Quel genre de message ? demanda Nitty.

— Un message pour tous ceux qui voudraient stopper ma progression, répondit Garcia en crachant sur le cadavre d'Octavio.

30

Edward Olmos prenait son service à 6 h 30 à l'usine de traitement de déchets de Fremont. Il enfila son uniforme, avala un solide petit déjeuner et ferma à double tour son petit pavillon qui donnait sur Whittier. Il marcha jusqu'à sa Dodge, garée un peu plus loin. Le jour commençait juste à faire des siennes. Son regard fut attiré par une forme bizarre suspendue à un poteau électrique. Il écarquilla les yeux, se plia en deux et aspergea le bitume d'une bouillie brûlante de céréales, de saucisses et de pommes de terre sautées : un homme était pendu au poteau, avec du fil barbelé qui lui lacérait la chair, il portait une espèce de carton autour du cou, et il avait la moitié de la tête arrachée. Olmos courut comme un dératé jusqu'à la cabine téléphonique la plus proche.

Emilio fendit la foule des badauds, des flics, des techniciens de la police scientifique et des journalistes pour accéder à la scène du crime, délimitée par des rubans jaunes. Il était suivi de près par Frank Castle. Ils exhibèrent leurs plaques, et les képis les laissèrent s'approcher du cadavre. Cadavre sur lequel étaient penchés deux inspecteurs des homicides, Philip Seymour et Eric Barnes. Barnes arrosait de café au lait des donuts qu'il enfournait dans sa bouche avec une effrayante régularité. Il se leva, essuya ses lèvres graisseuses avec un mouchoir en papier et salua les deux flics des stups. Seymour se leva à son tour.

— Octavio Gomez, vingt-huit ans, retrouvé pendu à ce poteau à six heures du matin par un employé de la Fremont, Edward Olmos. Deux balles dans la tête, probablement du 9 mm. Le légiste nous en dira plus lors de l'expertise médico-légale. C'est qui, cet Octavio Gomez ?

Emilio mit un genou à terre et observa le corps.

— Un seigneur de la coke, un seigneur local. Il contrôlait le marché de la drogue à East Los Angeles dans les années 80. Au début des années 90, il s'est reconverti dans le business du crack. Crack épidémique, c'était affreux. Des putains de zombies dans la rue, des aliens, des mères crackées, des bébés crackés.

— On dirait que ton Octavio, il avait pas que des amis, ironisa Barnes tout en avalant un énième donut.

— Il a voulu empiéter sur le territoire d'un plus gros poisson, dit Emilio.

— Ouais, il avait des concurrents mais il a eu comme un trou de mémoire, plaisanta Seymour.

Barnes fut pris d'une quinte de rire.

— Octavio Gomez était à la solde d'Alfredo Garcia. Garcia, le boss des deux mondes, la légende de San Quentin, l'immortel. Il esquive les balles depuis l'âge de quatorze ans ! s'emporta Emilio.

— Vas-y mollo, *ese*, fit Frank Castle. T'es trop tendu…

— On a trouvé un truc bizarre sur le corps, indiqua Seymour. Il refila un carton taché de sang à Emilio : Qu'est-ce que c'est que ce charabia ?

Emilio déchiffra : « Ceci est un avertissement pour ceux qui trahissent notre héritage. » Emilio blêmit. C'était la signature de Garcia. L'héritage, la Raza, la communauté.

— Préparez-vous à réceptionner des paquets de macchabs, les prévint Emilio, Garcia est en train de nettoyer cette ville de toute trace de concurrence.

Le lieutenant Jiménez, flanqué du légiste, se pointa sur la scène du crime. Le médecin se pencha sur le cadavre. Il enfila des gants prophylactiques et fourra ses doigts dans les orifices sanglants du cadavre.

— Ce cadavre me fait penser aux exécutions d'Armando et de Snake. Balles dans la tête, à bout portant. Avec ce qui me semble être du 9 mm, probablement un Glock.

Emilio et Castle se connectèrent via un modem télépathique. Frank Nitty. C'est lui qui a appuyé sur la gâchette.

— Je vous remettrai mon rapport en fin d'après-midi, coupa le légiste.

Quelques instants plus tard, Emilio et Castle éclusaient quelques verres dans un bar à flics sur Whittier. Emilio buvait pour noyer sa migraine, mais l'alcool était en fait un puissant allié pour son mal de tête.

— Garcia est beaucoup trop malin, faut le reconnaître, avoua à contrecœur le jeune inspecteur chicano.

— On finira par le coincer, dit Castle, plus pour détendre l'atmosphère que par intime conviction.

La migraine labourait le crâne d'Emilio. Des abeilles tueuses, des frelons verts, des bourdons cocaïnés, des guêpes parkinsoniennes, tourbillon invertébré dans son crâne gélatineux.

Castle leva son verre pour trinquer. Emilio appréhenda la suite, les verres s'entrechoquèrent dans un fracas apocalyptique, ses parois crâniennes étaient sur le point de se fissurer. « Détends-toi, mec », dit une voix qui sembla jaillir d'un puits sans fond. La petite conscience cool d'Emilio, la petite conscience rationnelle, *laid back*, détendue. La porte du bar s'ouvrit et le lieutenant Jiménez prit un tabouret juste à côté de celui d'Emilio. Il commanda un whisky et une bière. Il avala son whisky cul sec et lampa une gorgée de bière.

— La journée commence mal…, dit-il en guise d'intro.

— T'es pas fourré avec ton maître aujourd'hui ? lâcha Emilio dont la migraine faisait décupler le potentiel agressif.

— Les gars… je suis comme vous. Je veux envoyer mes gosses dans des bonnes universités. Je veux pas faire de vagues. Et je vais vous dire un truc : j'ai obtenu ma mutation au bureau des alcools et des armes à feu. Dans l'administration.

— Félicitations, dit Castle en levant son verre de Jim Beam.

— C'est Custer qui t'a pistonné ? l'interrogea Emilio.

— Custer est un sale con. Mais ce que tu n'as toujours pas compris, Emilio, c'est que dans le boulot, il faut savoir ménager les susceptibilités, arrondir les angles. Custer n'est pas mon pote, mais je me sers de son influence. J'ai pas envie de courser des voyous dans la rue jusqu'à la retraite. Je suis plus ambitieux.

Emilio mangea une cacahuète.

— Garcia est en train de maquer cette ville, trancha Emilio.

— Garcia t'obsède, dit Jiménez.

— Ses gorilles m'ont tiré dessus. Ces types bouffent du flic au petit déj.

— Je vais être franc avec vous les gars, je vais pas vous bourrer le mou. Je vais bientôt quitter la DEA. Alors je vous le dis, cette histoire de pendaison, c'est pas bon pour l'image d'East Los, les huiles de la mairie veulent des résultats, et très vite.

— On va péter Garcia. C'est plus qu'une question de temps, lâcha Castle.

— Je crois qu'il va falloir oublier Garcia. Custer veut que vous colliez ça sur un truand de bas étage, un petit dealer, un de ces « small time » trafiquants qui pullulent dans la rue. Il veut que l'affaire soit présentée comme un règlement de comptes entre dealers locaux.

— Et t'as le culot de venir nous demander de faire ça ? hurla Emilio avant de se jeter sur Jiménez.

Il attrapa le lieutenant de dix ans son aîné, et lui envoya une méchante droite dans la face. Jiménez bascula en arrière tandis que Castle et une demi-douzaine de flics essayaient de maîtriser Emilio. Jiménez se releva, essuya le sang sur ses lèvres et se précipita vers Emilio. Il fallut encore deux flics pour freiner la fureur de ce poulet bardé d'étoiles.

— On se calme, les mecs, gueula Castle. Il se planta face à Emilio : T'es calme ? On peut te lâcher maintenant ?

Emilio expira longuement et fit un petit signe de tête. Les flics relâchèrent leur étreinte.

— T'es pas tout net, Alvarez, dit Jiménez, en se tamponnant la bouche avec une serviette en papier. Tu crois que je suis pas au courant, pour les dealers que vous avez détroussés ? C'est moi qui ai convaincu Custer de ne pas vous coller les Affaires internes au cul pendant toutes ces années, je sais que vous deviez rémunérer vos indics, que le service avait subi de sévères coupes budgétaires… C'est le système qui veut ça, et ce n'est pas toi qui vas le changer.

— T'essaies de me dire que j'ai de la chance et que le système protège des mecs comme Garcia ? Okay, j'ai compris. L'ironie perçait dans le timbre de sa voix : Prends ce que tu veux, je t'offre un verre, *ese*…

Il sortit en claquant la porte du bar.

31

On tapa à la porte de la maison de Marlena. Ce fut Carmen qui ouvrit la porte. Elle portait une robe imprimée et avait lâché ses cheveux, une cascade éblouissante. Elle rayonnait de beauté.

Sur le seuil, Pablo, un jeune du quartier, la tête des mauvais jours.

— Il est là, Hector ? demanda-t-il d'une voix fluette.

— Tu sais qu'Hector n'a plus le droit de sortir.

— Je veux seulement lui dire deux mots, allez Carmen, sois cool.

— Okay. Attends ici.

Un instant après, Hector apparut, T-shirt Ecko à l'effigie de Jimi Hendrix, coupe afro, jean baggy qui tombait sur une paire de Dunk deux tons, blanc et bleu marine.

— Quoi de neuf, *ese* ? dit Hector.

— Mon cousin Eightball s'est fait buter. La famille veut que tu fasses son mur.

— Je sais pas… Mon frère veut plus que je fasse de murs.

— T'as pas envie de te faire un biffeton, *ese* ?

Hector se gratta la tête. Fallait qu'il passe chez le coiffeur. La journée était belle. De son perron, il pouvait voir Pretty Johnny et Big T faire leurs dièses. Les clients venaient à pinces, en voiture ou à vélo. Big T avait arrêté l'école en cinquième, mais il avait la bosse des maths, son tableau noir c'était l'asphalte, sa calculette sa cervelle, géométrie variable du business, fractions de crime, racine carrée du crack, probabilités de se faire entuber, lâchers hâtifs de chiffres, il te sortait des nombres de sous les décombres, l'algèbre du ghetto.

— Bon, on y va. Vous avez les bombes ? demanda Hector.

— Ouais, on a plein de couleurs, mec.

Ils marchèrent jusqu'à un petit terrain vague qui jouxtait le boulevard. Le mur n'était pas gigantesque mais suffisamment grand pour qu'Hector puisse réaliser une pièce correcte. Il peignit tout l'après-midi. Mais sans grande conviction. La famille d'Eightball avait demandé une fresque d'une simplicité presque enfantine, un portrait géant du gangster assassiné, avec les dates de naissance en blocs argentés : 1980-1996. « RIP », *Rest In Peace*. La nuit précédente, Hector avait fait un rêve flippant. Il était enterré vivant. Il était claustro, le petit Latino. Est-ce que ça faisait cet effet, de mourir ? Est-ce que c'est comme être enterré vivant ? Vous criez, vous hurlez, mais plus personne ne vous entend. Hector retira son masque et observa les gens rassemblés dans le terrain vague. Eightball n'avait jamais vraiment joui d'une grosse cote de popularité dans le quartier. Il n'y avait que sa famille et quelques amis sur le terrain vague, une dizaine de personnes en tout. C'était pathétique. Le jour où il avait réalisé la fresque pour Ray Dog, cette portion de Whittier était noire de monde. Il finit son job et encaissa ses cinquante dollars, il avait repéré de vieux numéros de *Strange* dans une librairie sur

Wilshire, il n'en dormait plus la nuit. Il sourit. Son frère allait finir par lui pardonner pour le Walther. Qu'est-ce qu'il avait pu être con ! Et braquer le vigile sur la Blue Line, ça avait été une connerie monumentale, une gaffe pharaonique. Il aurait pu se faire caner. Et il y aurait eu combien de personnes pour assister à la réalisation de sa fresque commémorative, sa fresque à lui, Hector Vador, tué dans le métro comme un chien par un vigile éthylique ? Il frissonna. Il faisait vingt-cinq degrés. Il rentra à la casa. Marlena et Carmen l'attendaient, debout dans le salon. Carmen tenait une enveloppe à la main. Un truc officiel, vu la couleur et la taille du courrier. Sa mère et sa sœur le prirent dans leurs bras et le serrèrent fort.

— Petit cachottier, dit Carmen. Je ne savais pas que tu leur avais envoyé ton dossier !

— Quel dossier ? demanda Hector, sonné.

— T'as été accepté à la Manhattan School of Arts à New York, petit frère ! cria Carmen.

Elle sauta en l'air, esquissa un petit pas de danse mariachi, embrassa mille fois Hector. Marlena serra affectueusement son fils entre ses bras frêles.

— On est si fières de toi…

Hector s'assit sur le fauteuil et consulta le courrier. C'était inscrit noir sur blanc, sa demande de bourse d'études lui avait été accordée par la prestigieuse école d'art new-yorkaise.

— Ton père serait tellement fier de toi, lâcha Marlena dans un sanglot étouffé.

— Maman, ne gâche pas ce moment…, dit Carmen. Elle prit le combiné du téléphone : On va annoncer la bonne nouvelle à Emilio.

32

Emilio et Frank patrouillaient dans la voiture du département. La caisse traversait une artère particulièrement criminogène. Partout s'activaient des dealers en chaise roulante, la colonne vertébrale de l'économie parallèle, ils avaient payé leur tribut à la rue. Des églises fantomatiques jaillissaient de carrefours déserts, entre un énorme magasin discount et une boutique de spiritueux, couleurs pastel, façades décorées de croix, de crucifix et de portraits du Christ. Église de la Résurrection ultime, chapelle de la Rédemption absolue, église du Christ sanctifié, sanctuaire de la Madone éclairée, paroisse de la Révélation du Christ originel. Le peuple chicano craignait l'Apocalypse. Les vendeurs de dope chicanos mâchaient la chair du Christ, une hostie stupéfiante cuisinée avec de la base libre de cocaïne, ils buvaient son sang aussi, dans des bouteilles de bière maltée estampillées Old English. C'était dingue. Le biper d'Emilio sonna. Il le décrocha de sa ceinture et reconnut le numéro de sa mère. C'était Frank qui conduisait. Il lui demanda de s'arrêter à la prochaine cabine téléphonique. La voiture s'arrêta avenue du Grand Nulle Part, deux junkies essayaient de récupérer les pièces dans la fente du téléphone de la cabine publique. L'un des junkies tentait d'introduire un petit tournevis dans l'appareil. Son blouson de base-ball était couvert d'un degueulis verdâtre.

— Barre-toi, gueula Emilio, pressé de passer son coup de fil.

La famille avait essayé de le joindre. C'était peut-être grave. L'angoisse sourde, qui le tenaillait quotidiennement et qu'il avait appris à apprivoiser, trouvait là une bonne occase de se faufiler hors de son disque dur. Il poussa les deux camés et s'engouffra dans la cabine. Dieu merci, le téléphone fonctionnait. Il composa le numéro. Frank Castle l'observait. Les deux types étaient trop en manque pour se soucier d'une voiture de flic. Ils s'avancèrent vers la Crown Vic.

— Un p'tit billet m'sieur ?

La voix n'était qu'un long gargouillis déliquescent.

— Cassez-vous, allez, barrez-vous. Il sortit sa plaque.

Les deux junkies l'insultèrent et battirent en retraite. Emilio rejoignit la voiture, le sourire aux lèvres.

— Putain, qu'est-ce qui se passe ? s'enquit Castle.

— Hector a obtenu une bourse pour son école d'art à New York.

— Putain, c'est cool. Il va pouvoir se barrer d'East Los !

— Carmen est à l'abri, Hector va partir. Je sais pas comment ma mère va se débrouiller.

Sa mine s'assombrit.

— Tu trouveras une solution, *ese*.

— J'espère, mec, répondit Emilio.

Castle sortit une bouteille d'E. & J.

— Faut fêter ça, *amigo*.

Il prit des gobelets en papier et ils trinquèrent. Ils roulèrent jusqu'à la rue où vivait Tina. Ils garèrent la Crown Vic devant le petit pavillon. Tina ouvrit la porte. Deux badges du LAPD brillaient dans l'après-midi ensoleillé.

— Vous avez un mandat ? vitupéra la jeune fille. Elle portait un jean moulant et un décolleté aérien.

— Pas besoin de mandat, lâcha Emilio en s'introduisant dans la maisonnée, suivi de Castle.

Équipement hi-fi dernier cri. Mobilier luxueux.

— Je savais pas qu'être serveuse chez Wendy's ça payait aussi bien, ironisa Emilio.

— Et Nitty, il est pas au chômedu ? enchaîna Castle.

— Qu'est-ce que vous voulez ? demanda-t-elle.

— Il est où ton gars ? l'interrogea Emilio.

— Je te le dirai peut-être quand ton coéquipier aura fini de reluquer mes nibards, dit-elle d'un ton mordant.

Castle sourit. Emilio prit un CD gravé qui traînait sur la table basse. Un sticker était collé dessus : « Autobiographie de Frank Nitty. »

— Un véritable artiste, ce Frank Nitty, lâcha Emilio en consultant le tracklisting.

Un des morceaux s'appelait *Mes salopes et moi.*

— Hé, Tina, tu devrais écouter la plage 14…

Tina fulminait. Elle alluma une Newport.

— Frankie est à son boulot. Il travaille pour une société de BTP.

— Okay. Ça serait pas Victoria, des fois, le nom de la boîte ? demanda Emilio.

— Ouais. C'est un job tout ce qu'il y a de légal, coupa la *chica*.

— Et ça consiste en quoi son job exactement ? enchaîna Castle.

— Il est commercial, trancha Tina.

— Commercial, répéta Castle. Il doit assurer un max. Je veux dire son petit commerce sur Whittier tournait du tonnerre…

— Allez-vous-en. Et arrêtez d'emmerder mon mec. Il a un job légal maintenant.

— T'avise pas de le biper dès qu'on aura le dos tourné, la prévint Emilio. C'est plus de quelques sachets de crack dont il s'agit là. C'est une affaire de meurtre. Octavio Gomez, tu connais ? Retrouvé pendu à un poteau avec deux balles dans la tête. Si tu bipes ton gars, je reviens te coffrer pour obstruction à la justice et complicité d'homicide. À la prison du comté, tu pourras dire adios à tes petits bibelots high-tech !

— Et je suis sûr que toutes les salopes de la prison vont tomber amoureux de tes nibards, lâcha Castle.

Touché coulé.

Dans son bureau de Downtown L.A., Garcia sniffait un petit monticule de coke. Crise de larmes, crise de rire. La coke le propulsait dans les montagnes russes. Sa vision était brouillée. Il se leva et se colla contre la grande baie vitrée. Le panorama urbain était époustouflant. La ligne des gratte-ciel perçait la rétine enflammée de Garcia. Gratte-ciel, gratte coke, orgasme liquide, visions de l'enfer, Garcia se massa la poitrine. Hallucinations, palpitations. Son rêve était sur le point de se concrétiser, mais une peur primale lui labourait les tripes. Cette ville allait bientôt lui appartenir. Il éclata d'un rire dément, alla à son bureau et se servit un verre de scotch. Il appela la ligne directe de Nitty. Celui-ci avait un bureau à sa disposition. Un bureau ? Le jeune lascar n'avait jamais eu de bureau de sa vie. Son bureau, c'était un carré d'asphalte sur Whittier, ses clients des junkies, sa secrétaire son bipeur, son service juridique un Glock 9 millimètres. Il flinguait l'aiguille de l'horloge en téléphonant à ses potes, ses pouffes, en commandant de la bouffe chinoise et des ailes de poulet, merde, il ne savait même pas utiliser l'ordinateur qui trônait sur son bureau. Il nettoya une tache sur le cuir immaculé de sa Nike Air Force. Il était content. On lui avait retiré son plâtre tout taggué le matin même. Son téléphone sonna. C'était Garcia. Il lui demandait de venir le voir dans son bureau. En sortant, Nitty tomba sur les deux flics des stups qui l'avaient agrafé sur Indiana Ave : le flic chicano et le flic noir qui l'avaient passé à tabac. Ils avaient plaqué Raoul et Paulo contre le mur, et les soulageaient de leurs pétards. Emilio intimait à la secrétaire, le sosie hispano de Betty Boop, de la mettre en veilleuse. Nitty fixa les deux flics avec de la haine incrustée dans la rétine. Les deux flics l'encadrèrent.

— Alors, Frankie Nitty, on était chez ta meuf, Tina... Y'avait du monde au balcon, ricana Frank Castle.

Nitty lui sauta à la gorge. Emilio lui fit une clé de bras et lui passa les bracelets. La porte du bureau de Garcia s'ouvrit. Garcia carbonisait un cubain.

— Mon avocat est sur le chemin. Je croyais que Custer vous avait donné un sérieux avertissement, dit Garcia, décontracté. Détachez cet homme, c'est mon employé.

Castle fit un signe de tête à Emilio. Le jeune flic détacha Frank Nitty. Ce dernier se massa les poignets.

— C'est du harcèlement policier, *puto*, cracha-t-il.

Emilio fixait Garcia, comme attiré par la polarité magnétique du baron de la drogue. Garcia étudiait le visage du jeune flic chicano.

— Mon avocat va vous réduire en bouillie, lâcha Frank Nitty.

— Je crois qu'on peut s'arranger, dit Garcia. Monsieur Nitty est un jeune loup impulsif. Pardonnez son insolence. Pouvez-vous m'indiquer la raison pour laquelle vous avez désarmé mes agents de sécurité ?

Agents de sécurité, tu parles ! pensa Emilio. Castle rendit leurs flingues aux gorilles gominés raides et cramoisis.

— Ils ont des permis pour ces armes, inspecteur Alvarez.

— Qui vous a dit comment je m'appelais ?

— Mon avocat. Et ce n'est pas tout. Je connais votre père.

— Ouais, c'est pas un scoop. Tu purgeais ta peine à San Quentin, comme lui.

— C'est exact. Je l'ai connu lors de différents séjours là-bas. Reuben est un dessinateur extrêmement doué. Son art transpire l'essence de l'âme mexicaine.

L'essence de ta coke, enfoiré, pensa Emilio.

Il inspira fort.

— Qu'est-ce que vous voulez, de toute façon ? Vous n'avez rien contre moi.

— J'ai un type pendu à un poteau électrique avec deux balles dans le citron. Et encore plus intéressant : c'est le même type qui se trouvait dans le labo de crack quand on a débarqué sans s'annoncer. Octavio Gomez, votre contact à L.A.

Garcia jeta le cadavre du cubain dans une corbeille à papier.

— Je crains que vous ne fassiez fausse route, jeune homme. Je suis un homme d'affaires, maintenant. Mon passé criminel n'est plus qu'une vieille histoire.

— Mon cul ! aboya Castle. Tu nous as tiré dessus au labo de crack. Tu comptais faire quoi avec plus de cinq cent mille dollars de crack dans les barils ? Investir à Wall Street ?

Garcia regarda Castle.

—Je crois que tu n'as pas très bien saisi, *puto*. Ton boss travaille pour moi. T'inquiète, j'ai pas de micro. Et je crois que t'es à vendre, comme n'importe quel agent des stups qui se respecte. Je connais ton dossier : tu dépouilles des dealers à droite à gauche. C'est minable. Je te propose d'augmenter trois fois ton salaire.

Frank Nitty rigolait.

— Ces *putos* sont vraiment pathétiques, déclara-t-il.

— Si ce n'était ton père, pour lequel j'ai beaucoup de respect, dit Garcia à Emilio, mon sens de la diplomatie aurait très vite trouvé ses limites.

— Tu menaces un flic ? éructa Emilio.

Garcia rigola. Puis sa mine s'assombrit.

—Je vais te dire un truc. Un jour, j'ai arraché la tête d'un type avec une fourchette. C'est vrai. Cette anecdote est véridique. Partout au Mexique, et dans toutes les cours de prison de Californie, on parle de cet événement comme d'une légende urbaine, mais ce n'est pas une légende urbaine. C'est la réalité. Et tu sais pourquoi j'ai décapité ce type avec une fourchette dans la cantine de Folsom ? Parce qu'il avait sous-entendu que je n'accomplirais jamais mon plan…

— De quoi tu parles ? demanda Emilio.

Un frisson lui parcourait l'échine.

— Le rêve de conquérir L.A., *ese*. J'étais là dans ce putain d'enfer de réfectoire de San Quentin, et j'étais en train de déjeuner avec des types, la plupart étaient mes *carnalitos*, et je parlais de rêve de conquête, d'être le proprio de L.A. et de tas d'autres trucs, et voilà qu'un Noir arrive à la table, et il me dit que c'est des conneries, qu'un Mexicain ou un Noir ne pourra jamais devenir proprio de cette ville. Il m'a expliqué que c'était autre chose que de contrôler une prison. Il avait des couilles, un signal de ma part et il se faisait suriner par mes *carnals*. Je lui ai rétorqué que contrôler L.A., c'était possible, comme d'arracher la tête d'un mec avec une fourchette. C'est possible. Et là mes amis, toute la tablée s'est mise à rire, un fou rire. Le Noir en avait les larmes aux yeux. Mes *carnals* n'arrêtaient pas de dire : « Eh, Alfredo, arracher une tête avec une fourchette ? C'est la chose la plus dingue qu'on ait entendue de notre vie. »

Alfredo fit une pause. Tout le monde était captivé. Les deux flics, les deux gorilles, la secrétaire, Frank Nitty écoutaient, les yeux exorbités. Garcia savait qu'il avait ferré son auditoire. Il alluma un nouveau cigare et souffla un rond de fumée sur le visage d'Emilio.

— J'ai alors dit au type noir : « Je peux contrôler cette ville, alors je peux t'arracher la tête avec une fourchette, *pendejo.* » Je lui ai enfoncé ma fourchette dans la carotide, ça a duré une quarantaine de minutes, je l'avais coincé sous la table. Et je lui ai arraché sa tête, à cet enfoiré. Les matons étaient à ma solde. J'ai jeté la tête sur une table et je suis allé me changer. Des types me demandent encore si cette histoire est vraie.

Emilio fit une moue de dégoût. Il tapa l'épaule de son coéquipier.

— On se casse.

Les deux flics étaient face aux ascenseurs. Frank Nitty s'approcha d'eux.

— Eh, les flicards. Vous faites pas de bile, on a besoin de collecteurs.

— Va te faire mettre, cracha Castle.

Et l'ascenseur vint engloutir le duo de flics.

33

John Goodman *aka* Sticky Fingaz, South Central : « Tu veux que je te dise ce que c'est la vie d'un "small time hustler" ? Un dealer à la petite semaine, tu veux que je te raconte toutes ces journées passées à vendre du crack de la main à la main, toutes ces journées passées à nourrir la guenon cramponnée au dos de ces putains de junkies ? J'esquive les balles depuis l'âge de treize ans, mec. Ce que ces enfoirés appellent l'enfer, j'appelle ça chez moi. Chaque jour peut être le dernier dans cette foutue jungle. Small time, c'est tout un programme. Tu passes la moitié de l'année en garde à vue, quelques mois en prison, et puis tu ressors, tu retournes dans la rue, tu fais tes dollars, finalement juste de quoi bouffer correctement, s'acheter une caisse, se faire deux trois pétasses, se payer quelques paires de baskets, des fringues, des CD. Tu croyais que c'était la belle vie ? Et non, je passe la journée dans la pluie, s'il pleut, et j'attends les junkies qui ne sortent pas, ces zombies ne supportent pas la flotte, mais tu les attends quand même, parce que tu as besoin de leur fric et ils ont besoin de ton produit. C'est l'Amérique, mec, l'offre, la demande, la libre concurrence. C'est ce qu'on aime, malgré tout. Je suis tellement scotché à mon block que j'ai développé un sens de l'observation stupéfiant. Quand une voiture passe dans mon block, je peux te dire si le conducteur est un flic ou un junkie, rien qu'à la façon qu'il a de conduire sa caisse. Tu crois que c'est sexy de tirer sur un rival ? Tu crois que c'est glamour de risquer de vingt-cinq ans à perpète pour pouvoir continuer à bouffer, gagner son pain dans son propre turf. Un mec comme moi, un small timer, il n'a pas cent solutions pour s'en sortir : soit il raccroche avant de se choper une balle dans la tête, et il se trouve un job à la con, genre de neuf à cinq, soit il intègre une équipe de *big timers*, des dealers qui voient grand, des types avec l'intelligence de la rue alliée à une grosse dose d'ambition. Y a pas beaucoup de portes de sortie pour un small timer. »

Matt Cusack *aka* Napoléon, Inglewood : « Je dirige plusieurs sociétés. J'ai des épiceries, des lavomatics, des coffee shops, des boutiques de vêtements, des clubs, des bars à hôtesses. J'ai des actions dans pas mal de grosses compagnies. Je blanchis l'argent de la dope. J'ai plus besoin de vendre la dope moi-même. La dernière fois que j'ai touché un flingue, ça remonte à des siècles. Le côté sale, crade, dangereux, violent du boulot, je n'ai plus à me le taper et je m'en félicite. Quand tu vis dans un ghetto, tu acquiers parfois ce qu'on appelle du *street smart*, ça veut dire l'intelligence de la rue. On n'est pas des courtiers, des brokers de Wall Street mais on porte du Ralph Lauren ; on n'est pas de la famille à Donald Trump mais on s'offre des Rolex et on roule en Benz, tu piges, mec ? J'ai eu mes diplômes sur les bancs de la rue, des diplômes en forme d'hématomes. CV, pour moi, ça veut dire C'est Violent, comme la vie. J'ai reçu les mauvaises cartes dès le départ, tu crois que je vais me coucher par terre et chialer ? Nan, je vais lutter, j'étudie le business de la came, le circuit de la drogue, ma rue c'est Harvard, un champ de bataille, mon block c'est Princeton, Berkeley, le génie criminel dit merde à Yale. Mec, y a pas à chier, je suis corporate, j'aime la prospérité, et j'aime la poursuite du bonheur. J'ai le droit au bonheur. Même si je viens du ghetto. C'est ça, mon pote, la mentalité d'un *big timer*. Le ciel est la limite. Le monde vous appartient, sauf que je suis pas un putain de Tony Montana, j'ai pas envie de crever à la fin du film. Je veux profiter de cette putain de vie, même si elle m'a flanqué de sacrées branlées. Le rêve américain, mon pote, j'y ai droit. L'Amérique aime les gangsters, l'Amérique aime la cocaïne. La poursuite du bonheur. »

Frank Nitty décompressait chez Tina. Les stups lui mettaient la pression non-stop. Il but un Coca, et enfila son uniforme Dickies. Il écoutait le morceau d'Ice Cube, *It Was a Good Day*, en caressant la gueule de tueur d'Escobar, son pitbull qui allait bientôt disputer le championnat de combat de chiens du barrio. Il se dit que le sample utilisé pour la chanson était ultra-grillé. Carbonisé. Dans ce morceau, Ice Cube rappait :

Aujourd'hui c'est un jour de fête/Je n'ai pas eu besoin d'utiliser mon AK-47.

Tina était allongée sur le lit, indolente, lascive, avec ce tatouage dingue que Nitty adorait. Il avait faim. Il se dit qu'il irait bien se chercher un sandwich à la dinde chez l'Arabe qui tenait l'épicerie d'en face, un type plutôt austère avec un drôle d'accent. Il demanda à Tina si elle voulait qu'il lui rapporte quelque chose. Elle voulait encore une part de Frank Nitty. Il rigola, *man*, je suis crevé, cette nana est une véritable tigresse. Avant de sortir, il passa devant la table basse où il avait déposé son Glock 9 mm. Il allait juste à l'épicerie, mais une intuition presque mystique lui suggéra de prendre l'arme avec lui. Il vérifia qu'elle était chargée, haussa les épaules et fourra le flingue dans sa ceinture. La matinée était éblouissante. Une brise océane venait faire la bise aux quartiers pauvres, au moins les éléments ne discriminaient pas, les bus scolaires ramenaient les mômes chez eux, l'épicerie était prise d'assaut par les gens du quartier. Les gamins frimaient sur leur vélo Low-Rider. Les filles roulaient du cul, les postérieurs comme montés sur suspension hydraulique, prisonniers de jeans moulants. Ils demandent qu'à s'échapper, pensa Nitty en reluquant une petite meuf qui venait de rentrer dans l'épicerie, accompagnée de sa copine qui n'était pas mal non plus. Elle lui fit un clin d'œil et lui tint la porte. Nitty sourit et la remercia. Cube avait raison. C'était un bon jour. Il entra chez l'Arabe et commanda deux sandwichs à la dinde, avec des frites et une double portion de fromage, une bouteille de Coca, deux donuts et un pot de glace parfum chocolat, avec des morceaux de cookies. L'Arabe le dévisagea.

— J'ai de l'argent, mec, je suis pas un de ces petits merdeux qui volent à l'étalage. Je suis un homme d'affaires, mec, lui dit Nitty en exhibant une épaisse liasse de billets de vingt dollars, ceux qu'il préférait car on pouvait les écouler partout. Les billets de cent, c'était trop tape-à-l'œil, genre je deale de la came, marqué en gros sur la face enfarinée de Benjamin Franklin.

Les commerçants, ils les examinaient toujours à la loupe, les billets de cent, et tu perdais grave du temps. L'Arabe mit les articles de Nitty dans un gros sac de papier marron.

— Garde la monnaie, Saddam Hussein, ironisa Frank Nitty.

L'Arabe lui décocha un regard furieux. Mais bon, ce voyou était un très bon client, pas d'ardoise, pas de crédit, il payait cash, et n'hésitait pas à laisser un ou deux dollars de monnaie. Nitty poussa la porte tout en rangeant ses billets dans sa poche. Il heurta un type. Il leva les yeux vers le gars.

— Tu peux pas faire attention, *ese*… Il dévisagea le type, qui traînait devant l'épicerie avec deux potos : Eh, je te connais, toi !

Le putain d'attardé qu'a confondu ma caisse et le canapé de son salon, y a trois jours de ça, pensa Nitty.

L'autre l'avait reconnu aussi. C'était le dealer qui squattait chez cette bombe à neutrons, Tina, et surtout le salopard qui lui avait foutu une raclée il y a quelques jours parce qu'il avait osé s'asseoir sur le capot de sa bagnole.

— Eh, c'est l'enfoiré de Mexicain qui m'est tombé dessus l'autre jour, gueula le Salvadorien à l'intention de ses *home boys*.

Il plongea sa main sous sa chemise Pendleton et sortit un Beretta. Nitty jeta son sac en papier et dégaina son Glock. Il tira deux salves tout en traversant la rue pour s'abriter derrière une Pontiac en stationnement. Les gens criaient et couraient. Un Salvadorien s'écroula, touché en pleine tête. Celui qui avait été rossé par Nitty criblait la Pontiac de balles. Il avait commis une erreur fatale. Il avait oublié qu'un chargeur de Beretta a besoin d'être réapprovisionné de temps en temps. Son flingue percuta l'atmosphère, le clic du magasin vide résonna longtemps dans l'avenue, bien que la fusillade n'ait commencé que depuis quelques secondes. Nitty jaillit du trottoir et canarda les deux Salvadoriens. Le mec au chargeur vide ouvrit la bouche, la dernière vision qu'il eut fut la gueule béante du canon de Nitty qui aboyait. Une demi-douzaine de balles désarticulèrent son corps. Son pote lâcha une salve, qui creva un pneu de la Pontiac. Il commença à courir. Nitty visa son dos et tira. Le type s'affala dans la poussière du bitume.

— Achète-toi un fauteuil roulant customisé, enfoiré.

Nitty se précipita vers sa Chevrolet et démarra en trombe. Un bon jour ça ? Qu'Ice Cube aille se faire mettre.

*

La copine de Carmen, Teresa, était du genre têtu. Aussi quand elle dit à Carmen qu'elle avait l'estomac dans les talons, et qu'elle ne pourrait pas attendre que Marlena ait fini de préparer le repas, Carmen ne fit aucune objection. Elles se dirigèrent naturellement vers l'épicerie de Muhammad. Juste derrière elles, devant la porte de chez l'Arabe, un type n'arrêtait pas de reluquer le cul de Teresa. Teresa lui lâcha une œillade coquine. Le mec était plutôt beau gosse. Carmen était presque jalouse. Teresa lui tint la porte, et les deux copines s'engouffrèrent au fond de l'épicerie, là où l'Arabe rangeait les hamburgers, les salades et les plats cuisinés. Carmen entendit le jeune type sortir une vanne sur l'Arabe.

— Garde la monnaie, Saddam Hussein.

Teresa gloussa. Carmen fut prise d'un fou rire.

La porte de l'épicerie claqua. Le jeune type était sorti. Quelques secondes après, Carmen entendit un bruit de pétards. Puis l'Arabe gueula quelque chose dans sa langue. Elle lâcha sa bouteille de Coca et tomba à la renverse. Une balle de 9 mm, tirée par un Glock en face de l'épicerie, venait de se loger dans sa boîte crânienne. Une balle perdue. Carmen baignait dans son sang, les yeux révulsés. Tuée sur le coup. Teresa hurla, et s'écroula, frappée de plein fouet par une violente crise d'épilepsie.

34

Le hurlement d'Emilio jaillit du plus profond de ses entrailles et ressortit par sa bouche dans une explosion volcanique, le cri s'éleva au-dessus d'East Los Angeles à la vitesse d'une fusée, et alla s'écraser quelque part contre la stratosphère. La migraine explosa comme un triple Hiroshima, la douleur comprima ses boyaux, il vomit sur le plan de travail de la cuisine. Dorothy pleurait dans la chambre, elle savait que les mots n'avaient plus aucun pouvoir. Emilio avait embrassé le canon de son flingue, s'était signé, et avait l'attitude d'un cavalier de l'Apocalypse sur le point de déclencher le Jugement dernier. Ses yeux étaient rouges, des larmes de nitroglycérine, capables de dissoudre les métaux les plus durs. Custer l'avait appelé directement chez lui, chose qu'il ne faisait jamais d'habitude. Quand il avait besoin de le joindre, il le bipait. Emilio avait senti la boule tapie au fond de son estomac grossir et palpiter. Les mots du taulier semblaient jaillir du combiné comme une armée d'abeilles tueuses qui enfonçaient leurs dards acérés dans la chair de son âme, dans le cœur même de son humanité viscérale, court-circuitant son terminal émotionnel, grillant son disque dur, cet espace où il stockait des kilos de giga d'amour, de compassion. Parmi tous les éléments effacés à jamais – le visage souriant de Carmen, une existence pleine de promesses, de joie, les neveux qu'il n'aurait jamais, le regard pétillant d'intelligence de sa sœur –, un seul s'était frayé un chemin hors du dédale chaotique d'une mémoire annihilée. La Haine, bien palpable. La furie, la rage. Qui ne demandaient qu'une petite place dans le chargeur d'un flingue, dans l'éclat d'un regard, dans la pénombre des tripes, des entrailles, dans un recoin flippant du crâne. La scène du crime. Les rubans jaunes. Police. Ne pas franchir la ligne.

Le téléphone arabe avait bien fonctionné. Tout le quartier était là. Quand Emilio bondit hors de sa Pontiac, il aperçut immédiatement Marlena et Hector qui essayaient de se frayer un chemin à l'intérieur de l'épicerie. Castle et Jiménez tentaient de les en empêcher. Marlena hurlait comme une démente, tandis qu'Hector était prostré dans un silence autiste. Emilio courut vers eux. Castle vit son coéquipier et lui fit un signe de tête. Ça voulait dire : « Faut pas qu'elle voie le spectacle à l'intérieur, c'est pas joli. » Emilio prit sa mère dans ses bras. Elle le frappa à coups de poing. Emilio chialait, Marlena continuait de hurler.

— Je veux voir mon bébé !

Tous les flics baissaient les yeux. Deux flics en uniforme, des filles qu'Emilio connaissait depuis longtemps, s'approchèrent et demandèrent à Emilio si elles pouvaient l'aider. Il leur demanda de raccompagner sa mère et son frère à la maison. Marlena hurla jusqu'à l'évanouissement. Un médecin des urgences et deux infirmiers la transportèrent jusqu'à l'ambulance. Hector les suivait.

— Ne vous inquiétez pas, c'est un choc post-traumatique. Elle va dormir un bon moment et elle se sentira mieux, dit le médecin noir à Emilio. On va aussi donner quelque chose à votre frère.

— Merci, répondit Emilio.

Castle toucha l'épaule de son pote.

— Tu ferais mieux de pas rentrer là-dedans.

— Il faut que je la voie. Il le faut.

Quand Emilio ressortit quelques instants plus tard, il était blême. Il vomit un flot acide sur l'asphalte. Castle lui tendit un Kleenex. Barnes et Seymour, les deux flics des homicides, s'approchèrent d'Emilio.

— On est sincèrement désolés, inspecteur Alvarez, dit Barnes.

— Qu'est-ce qui s'est passé ? interrogea Emilio.

Le réflexe professionnel ressurgissait, comme un double blindage contre l'horreur des altitudes.

— Un carnage. Évidemment, la rue était pleine de monde quand la fusillade a éclaté mais personne n'a rien vu, rien entendu. Il haussa les épaules : La fusillade a duré quelques secondes. On a trois types sur le carreau. Trois Salvadoriens affiliés a un gang appelé les Fils du Sang, en guerre contre les Baby Vatos depuis le déluge. D'après les impacts de balles relevés un peu partout dans le périmètre, on peut en déduire qu'ils étaient trois contre un. Les mecs ont arrosé le périmètre comme des malades, c'était pas une réunion d'anciens potes de lycée, ça c'est sûr, expliqua Barnes.

— C'est une zone de guerre, ici, dit tristement Emilio.

— Un des Salvadoriens a survécu. Il va passer le restant de ses jours sur une chaise roulante à chier dans un sac en plastique. Touché à la colonne vertébrale, la balle a bousillé ses intestins, ajouta Seymour.

— Il est où ? Je veux le voir, coupa Alvarez.

— Écoutez, inspecteur, dit calmement Barnes. Le type est dans les vapes, on lui a injecté assez de sédatifs pour faire roupiller un troupeau d'éléphants. De toute façon, on n'a pas besoin de lui : on a trouvé ce calepin sur la scène du crime.

Le flic de la criminelle donna le carnet à Emilio. Celui-ci l'ouvrit à la première page : « Autobiographie de Frank Nitty. » Une écriture très soignée, très scolaire, feutre fin de couleur noire.

— On vous laisse le soin de retrouver cette ordure, dit Barnes en regardant Emilio droit dans les yeux.

Le message était passé. Emilio fit un petit signe de tête. Il se dirigea vers l'unité paramédicale. Quelqu'un l'appelait dans la masse compacte des badauds. Il se retourna et vit Pretty Johnny.

— C'est ces enfoirés de Fils du Sang qui ont fait le coup, cracha le jeune gangster.

— Reste en dehors de ça…

— C'était qui le tireur ?

— C'est pas tes oignons.

Il fut sur le jeune Baby Vatos en quelques secondes. Il l'attrapa par le col de sa chemise.

— T'avise pas de retourner le cerveau de mon frère… Tu vois pas qu'il y a déjà assez des nôtres qui sont morts dans ces rues ?

Il relâcha Pretty Johnny. Celui-ci recula.

— C'est la guerre, mec, dans ces rues-là. On est tous des soldats. C'est comme ça et ça changera jamais, cracha-t-il en s'éloignant.

La guerre des rues. Il avait raison. Les rues de L.A. étaient un genre de Vietnam climatisé. Et comme dans toute guerre, des civils mouraient, des innocents étaient victimes de dommages collatéraux.

Deux jours plus tard, la famille Alvarez organisa les obsèques de Carmen. La mise en bière eut lieu un jeudi terne et venteux. Un océan de pierres tombales. Des milliers de drames gravés dans le marbre. Tout le quartier était venu. Carmen était très populaire. On voyait quelques flics dans l'assemblée, Castle, Jiménez, Custer. Et même le lieutenant de la crim, Barnes. C'était le père Arundilla de l'Église du Christ ressuscité qui récitait la prière funèbre. Hector portait un costume sombre trop étriqué, des lunettes noires camouflaient cernes et yeux boursouflés.

— Emilio, elle est partie au paradis, Carmen ? demanda-t-il d'une voix étranglée.

— Ouais, p'tit frère, répondit le jeune flic d'une voix désincarnée.

Le prêtre se fendit d'un sermon à la con sur la guerre des gangs, l'enfer qu'il promettait aux gangsters était un parc d'attractions comparé à la douleur qui consumait lentement les tripes d'Hector. Un enfer en carton-pâte, il avait récité ce sermon des centaines de fois, pour des gangsters assassinés. Carmen méritait plus d'emphase, plus de conviction dans le propos, plus de chaleur. Arundilla n'avait même jamais vu la gueule du loup dans la bergerie, son Christ ressuscité n'avait jamais humé l'air vicié de la rue, n'avait jamais sniffé l'odeur de cordite qui émane d'un flingue encore fumant, n'avait jamais ressenti la douleur dans les yeux d'un gangster hémiplégique. Il n'aurait d'ailleurs jamais ressuscité avec une balle de Glock en pleine tête. La gueule du loup dans la bergerie. Le silence des agneaux qui vont à l'abattoir. Un murmure fendit la foule, traversa le cimetière comme un vent lugubre. Un type monta sur l'estrade et salua le père Arundilla. L'homme d'Église s'interrompit :

— Je suis fier de vous annoncer que Ricardo Montalvez est venu spécialement en ce jour de tristesse soutenir sa communauté et présenter ses condoléances à la famille Alvarez.

La foule applaudit le candidat à la mairie, costume sombre impeccable, légèrement gominé.

— C'est un jour de chagrin pour la communauté, dit-il de sa plus belle voix de politicard surentraîné. Nous devons faire en sorte que ces rues redeviennent plus sûres pour leurs habitants, nous devons faire en sorte que cette violence aveugle, suicidaire, disparaisse des rues d'East Los Angeles. Nous devons faire en sorte de traquer les gangs, les criminels, partout où ils se terrent, partout où ils élisent domicile. Redonner de l'espoir à ces quartiers.

Quand Emilio vit Montalvez monter sur l'estrade, la haine qu'il avait contrôlée depuis la mort de Carmen submergea son psychisme, son organisme. Par respect pour Marlena et Hector, pour la mémoire de sa sœur, il s'était efforcé de canaliser ses émotions, d'apprivoiser sa colère. La vision de ce trou du cul de politicard démagogue avait juste fait sauter la soupape de sécurité. Emilio s'approcha de l'estrade et apostropha le candidat à la mairie.

— Le type qui a tué ma sœur travaille pour toi, enculé… La guerre contre le crime, mon cul, tu bosses en sous-marin pour le plus gros criminel de cette ville, Alfredo Garcia.

Ricardo blêmit quand il aperçut le jeune flic hispanique bondir sur l'estrade et lui arracher le micro. Le service de sécurité de Ricardo mit un certain temps à réagir, juste assez pour qu'Emilio fasse une petite mise au point.

— La campagne de ce type est payée par l'argent de la drogue, de l'héroïne. Ce type est contrôlé par le plus gros trafiquant de drogue que notre ville ait jamais connu. Il a du sang sur les mains, le sang de nos enfants.

Ricardo était paralysé par la honte. Custer était cramoisi. Castle se régalait. Jiménez hocha la tête. Les deux gorilles de Montalvez ceinturèrent Emilio et lui arrachèrent brutalement le micro des mains. Ce fut un bordel incroyable. Castle bondit sur l'estrade et écrasa son poing sur le nez d'un des gorilles. Le père Arundilla faillit en faire dans son froc. Hector s'était lui aussi jeté dans la mêlée. Jiménez essayait de séparer Emilio et le garde du corps du politicien. Ce dernier s'était prestement dirigé vers sa limousine, dans laquelle l'attendait patiemment Garcia. Le calme revint progressivement. Les gorilles de Ricardo rejoignirent la voiture de location. Marlena était blême. Le père Arundilla ne savait plus où se mettre. La cérémonie funèbre continua malgré tout. Emilio avait saboté l'enterrement de sa propre sœur. Dorothy, sa meuf, pleurait. À la fin, quand la dernière pelletée de terre eut recouvert le cercueil, et que le fossoyeur alcoolique se mit au travail, les gens commencèrent à quitter le cimetière. Marlena invita les amis de la famille pour le déjeuner, mais le cœur n'y était pas. Custer prit Castle et Emilio à part et leur annonça qu'ils étaient suspendus. Emilio but une gorgée de whisky et la recracha sur la gueule du taulier. Pour Emilio, cela ne faisait aucun doute, le commissaire protégeait Montalvez et, par ricochet, Garcia. Sinon, comment expliquer l'impunité dont bénéficiait le baron de la coke ?

Castle l'entraîna sans ménagement sur le perron.

— Pense à ta famille, mec. Arrête. C'est bon.

Il prit son pote entre ses bras, Emilio chialait.

— Y'a pas de mal à pleurer, mec. Un type doit savoir se lâcher, des fois.

Hector regardait son frère et l'autre flic. Il était dans les vapes à cause de tous ces médocs que les toubibs lui avaient administrés.

35

La porte de Tina vola en éclats, il était vingt-trois heures, effet de surprise garanti. Emilio jeta le bélier sur la moquette, sa plaque de flic tambourinait sur sa poitrine. Il entendit un cri, un cri de femme. Il alla directement à la chambre de Tina, l'ouvrit d'un coup sec, son Glock fermement arrimé à la main. Tina enfilait en vitesse un T-shirt à l'effigie des L.A. Raiders.

— Il est où ? gueula Emilio…

— T'as un mandat, *puto* ? cracha la jeune femme.

Emilio se précipita vers elle et la gifla. Une baffe à décoller une mâchoire. Elle saignait.

— Il est où, Nitty ? J'ai une demi-douzaine de salopes affamées à la prison du comté qui demanderaient qu'à jouer au docteur avec toi. Tu crois que c'est un jeu ? J'ai ma sœur qui pourrit dans un cercueil…

Le visage de Tina était décomposé, blafard. La terreur disloquait ses traits.

— Il est dans le vieil immeuble abandonné de Stucker, c'est le jour où il doit faire combattre son pit… Escobar…

Elle se roula en boule et pleura.

— Les fédéraux vont venir saisir cette baraque… Tu connais la nouvelle loi. Tout bien acheté avec l'argent de la drogue peut être saisi par la loi… Fais tes valises et barre-toi. Tu reverras plus jamais Frank Nitty.

Elle se prit la tête entre les mains et fut saisie de convulsions. Emilio démarra en trombe. Cet enfoiré tue une jeune fille innocente et il a encore le cœur d'aller à un combat de chiens. Emilio carbonisa tous les feux rouges, le gyrophare allumé illuminant la nuit angelena, sirène stridente.

Le rez-de-chaussée de l'immeuble de Stucker avait été transformé en salle de combat pour pitbulls psychopathes et rotweillers frappés d'Alzheimer. Une vingtaine de chiens attendaient leur tour, rendus dingues par l'odeur du sang et de la chair déchiquetée. Les propriétaires des bêtes étaient pratiquement tous des trafiquants de drogue. Deux pitbulls marron combattaient dans l'arène. Les bookmakers braillaient, les dealers misaient, les chiens bavaient et couinaient, les trafiquants tétraplégiques sortaient des liasses de billets verts du renfoncement de leurs chaises roulantes. Frank Nitty buvait une mousse en regardant Scarface et Capone se sauter à la gorge. Capone était un pit musclé, balaise, avec des petits yeux vicelards ; Scarface possédait un petit gabarit mais ce clébard avait contracté le virus de la rage. Ça puait l'urine et la merde canine, la bière éventée et la transpiration. Billets verts poisseux qui passaient de main en main, cadavres de bédos sur le sol crado, Mexicains mariés à la marijuana, certains rappaient, des frimeurs, rimes sexuelles, cunnilinguistes, flingues enfoncés dans les futals larges, rictus granitiques, tatouages cabalistiques, rétines assassines, signes des gangs avec les doigts, alphabet digital, griffe hiéroglyphique, jeune recrue du crime et Original Gangster, vétérans, patriarches de l'asphalte, soldats exsangues, sangsues, stars du ghetto, étoiles de la rue, mais sans empreinte sur Hollywood Boulevard. C'était dans cette arène puante que se jouaient les drames en cinémascope, que s'écrivaient des scénarios avortés, des scripts horrifiques, des partitions pour semi-automatiques. Dans l'arène, contre toute attente, c'était Scarface qui avait pris le dessus sur son adversaire. Il avait chopé Capone à la gorge : le sang gicla, et le chien agonisa, la pression de la mâchoire était devenue insupportable. Toute l'assemblée siffla, hua le propriétaire de la bête vaincue, Nitty avait lui-même parié cinq cents billets sur Capone. Emilio stationnait sur le parking improvisé du Stucker, à trois cents mètres de là. Il repéra la Chevrolet de Nitty et un sourire glacial contracta ses maxillaires… Il aperçut quatre soldats qui montaient la garde – relax, ils ne l'avaient même pas vu arriver, ils fumaient de la weed, la crosse des flingues formait des bosses sous les chemises. Il entendit monter une clameur. Un chien venait de se faire égorger. Il en profita pour sortir son calepin et noter quelques plaques minéralogiques. Dans l'arène, les bookmakers étaient tendus comme des câbles électriques. Frank Nitty caressait la tête d'Escobar, pour calmer l'animal qui étouffait sous sa muselière. La dépouille sanglante de Capone se balançait sur l'épaule tatouée de son patibulaire propriétaire.

Two-Times se pointa triomphalement dans l'arène, avec son chien Noriega. L'arbitre vérifia que le chien n'avait pas été camé. Il observa rapidement le blanc de ses yeux. Certains dresseurs mélangeaient de la cocaïne à la bouffe qu'ils donnaient à leurs pitbulls. Frank Nitty apostropha Two-Times.

— Yo, Escobar est d'humeur vénère aujourd'hui, *ese*.

— Noriega va en faire qu'une bouchée de ton caniche, *ese*, ironisa Two-Times.

On l'appelait comme ça parce qu'il avait survécu à deux fusillades. L'arbitre éructa un truc incompréhensible et les deux chiens se rentrèrent dans le lard, locomotive canine, patrimoine génétique complètement bousillé, effrayant atavisme. Le combat était dur. Les mecs en avaient pour leur argent. Les chiens couinaient tout en essayant de se choper à la gorge, leur instinct de survie à peu près aussi affûté que leur pulsion de mort, pathos craignos qui faisait la joie de Nitty et ses semblables. Escobar était une vraie racaille, d'un coup de dent il avait arraché l'œil de Noriega. Celui-ci poussa un couinement atroce, dissonant, tandis qu'Escobar lui tranchait la carotide.

— Ouais, ça c'est mon pote Escobar… Je reconnais bien là son instinct de tueur. Par ici la monnaie, cria Nitty.

Il nettoya la gueule de son chien et le remit en laisse. Le corps de Noriega fut pris de convulsions frénétiques, puis il s'immobilisa. Two-Times cracha par terre.

— C'est quoi ce clebs de merde ?

Il donna un coup de pompe à l'animal.

Nitty fit la tournée des bookmakers, récolta son fric. D'autres chiens allaient combattre. Lui, il en avait sa claque. Il tomba sur C-Dog, son pote paraplégique.

— My man, j'espère que t'as parié sur Escobar ? lui demanda Nitty.

— Évidemment, *ese*, qu'est-ce que tu crois ? Cinq cents billets, je me suis fait ma soirée. Putain, t'es au courant ?

— Non, quoi ? Vas-y accouche !

— Un putain de carnage sur Whittier y a deux jours. Deux Salvadoriens rétamés, je veux dire H.S., un troisième bon pour ce truc – il serra les roues de sa chaise roulante –, et la sœur d'un flic du quartier qui s'est pris une balle perdue. Morte sur le coup.

Nitty devint soudainement tout pâle.

— Qu'est-ce qu'il y a mon pote, ça va pas ?

Il encaissa.

— Non, j'ai fumé trop d'herbe. Putain, c'est ouf ce truc sur Whittier.

— Regarde l'édition spéciale du *L.A. Weekly*. C'est en première page.

Le dealer lui fila le journal taché et froissé. Les mains de Nitty tremblaient quand il déplia le canard et lut les gros titres. Puis, il le replia et le fourra dans la poche arrière de son pantalon.

— Je te l'emprunte, *ese*. On se voit plus tard.

— À plus, mec, et soigne bien ce clebs. C'est une vache à lait.

— Le veau d'or, plaisanta Nitty, mais il avait fait un effort considérable pour lâcher cette vanne.

Il s'assit dans un coin, sur une chaise pliante, avec le journal déplié devant lui. Il vit d'abord les photos. Les corps recouverts de housses à macchabs. La jeune fille, Carmen Alvarez, avait vingt ans Étudiante en journalisme. La sœur de l'inspecteur des stups Emilio Alvarez. L'effet de l'herbe s'estompait à une vitesse incroyable sous l'effet de la peur panique qui envahissait Nitty. Il fallait qu'il s'arrache de L.A. Garcia allait le faire buter, c'est sûr. La gamine était dans l'épicerie ? Ah ouais, il se rappelait, la petite meuf avec le jean moulant qui lui avait lâché un clin d'œil humide. Elle était avec une copine. Merde. Il avait canardé les Salvadoriens depuis sa caisse et l'épicerie était juste en face, en pleine ligne de mire. Il avait déconné à plein tube. Il tira sur la laisse d'Escobar et se fraya un chemin vers la sortie. Il allait se mettre au vert pour un petit moment. D'abord, passer chez lui et prendre un peu de cash. Il s'arrêta et relut l'article. Pas un mot sur l'identité du tireur. Ils avaient que dalle. Les flics n'avaient aucune piste. Et les gens du tiéquar n'allaient probablement pas jacter chez les flics. Mortelle omerta. À moins que ce ne soit un genre de piège. Pour que Nitty relâche sa vigilance. Sa parano venait juste de se réveiller et elle réclamait déjà son petit déj. Il sortit dans la douce nuit des quartiers cramés de Los Angeles. Il aimait cette ville. Il traîna Escobar jusqu'au 4 x 4 Chevrolet. Il s'apprêtait à tirer ses clés de sa poche quand Emilio lui abattit la crosse de son Glock sur le crâne. Escobar se jeta sur Emilio mais une balle de 9 mm entre les deux yeux mit définitivement un terme à sa vie de chien. Emilio menotta rapidement Nitty, le délesta de son Glock avant de le pousser sur la banquette arrière de la Pontiac. Les soldats criaient quelque chose qu'Emilio ne put entendre. Il les vit courir vers la voiture. Il souleva le chien, il était costaud, souffla et le jeta sur Nitty, qui reprenait lentement connaissance. Les soldats n'étaient maintenant plus très loin du parking. Emilio s'engouffra dans sa voiture, colla le gyro sur le toit, claqua sa portière et accéléra comme un malade. Les soldats, paniqués, galopèrent comme des dératés. Le championnat de combat de chiens était bel et bien terminé. On voyait les amateurs courir vers leurs voitures. Emilio pilota la Pontiac jusqu'à l'avenue principale et mit le cap sur Whittier.

— Qu'est-ce qui se passe, mec ? T'as buté mon clébard, articula difficilement Nitty.

Il se massait le crâne. La caisse puait l'haleine canine.

— C'est à toi ça ? demanda Alvarez en jetant le calepin sur la tête de Nitty. Le carnet tomba entre ses jambes. J'ai passé la journée à lire tes rimes… T'es plutôt doué, enfoiré.

La migraine lui troua le crâne.

— Mec, laisse-moi t'expliquer… J'ai pas voulu…

— T'as pas voulu tuer ma sœur ? Mais tu l'as tuée quand même ! Quand est-ce que tu vas apprendre à assumer tes actes ?

— Mec, c'était merdique, je sortais de chez ma meuf pour aller me chercher un truc à grailler chez l'Arabe, quand ces putains de Fils du Sang me sont tombés dessus, ils ont sorti les flingues les premiers. Ça a tiré dans tous les sens. Je pouvais pas savoir que ta sœur était dans l'épicerie. T'as buté Esco… T'avais pas besoin de faire ça, mec.

La voix du dealer se fit presque geignarde.

Emilio freina brutalement. Une rue déserte. Il sortit de la voiture et en tira violemment Frank Nitty. Il prit une photo dans sa poche et la fourra sous le nez du jeune dealer. Celui-ci fixa ses baskets.

— Regarde, putain !

Nitty regarda la photo. La fille de l'épicerie. La sœur du flic, un sourire angélique. *Man*, il avait vraiment merdé. Le flic sortit son Glock, tira une balle dans chaque genou de Nitty. Il s'effondra en hurlant de douleur et de rage.

— Pourquoi t'as fait ça ? Tue-moi, mec. Tue-moi, vite !

Nitty bavait sur son beau sweat-shirt Ralph Lauren.

— Nan, je vais pas te tuer.

Il souleva Nitty et le traîna jusqu'à la banquette arrière de la Pontiac.

— Ton clébard et toi avez vraiment salopé ma caisse.

— Tu fais quoi, mec ? C'est quoi ce cinéma ?

Emilio claqua la portière arrière. Il roula pendant quelques minutes sans dire un mot. Puis il arrêta la voiture dans une ruelle sombre. Des types squattaient le perron d'un pavillon décrépi. Ils observaient le véhicule avec intensité. L'air était chargé d'électricité statique.

— Tu fais quoi ? gargouilla Nitty.

— Je peux plus rien pour toi, mec.

Il sortit du véhicule et poussa Nitty et le chien crevé sur l'asphalte.

— Non, enculé ! Tu peux pas me faire ça... Va pourrir en enfer !

Emilio rentra dans sa caisse, et actionna la sirène du gyrophare. La lumière deux tons éclaboussa le territoire des Fils du Sang. Emilio roulait lentement. Dans le rétro, il vit une douzaine de Fils du Sang se ruer vers Nitty, à terre, menotté, les rotules explosées. Les Salvadoriens avaient des machettes, des flingues et des battes de baseball. Nitty hurla.

— Bande de bâtaaaards !

Ce furent les dernières paroles de sa vie de gangster. Les coups de machette s'abattirent sur son crâne, ses jambes, ses bras, ses mains. Quand les Salvadoriens eurent expurgé leur dernière particule de haine hors de leurs corps hurlants, le meneur du posse tira trois balles dans la tête de Nitty. Son corps n'était plus qu'un tas de chair déliquescente. Le chef du posse regarda la voiture d'Emilio et fit un signe de tête. Emilio démarra en trombe, et s'arrêta quelques instants plus tard pour lâcher un flot de bile acide sur l'asphalte abîmé.

36

Hector prit une dizaine de bombes aérosol et les fourra dans son sac. Il était dans un état seconde zone crépusculaire, la quatrième dimension de l'affect. Son frère l'avait appelé tous les jours depuis l'enterrement de Carmen. Il lui avait dit de tenir le coup. La première chose qu'il avait faite, c'est d'arrêter de prendre la chimie chimérique que lui prescrivaient les toubibs. Il se soignait à la weed maintenant, il dissipait la douleur dans des Gulf Stream de fumée cannabique, il baisait Mary Jane matin et soir, la grande culbute, la bascule à molécules de THC. Il trouva un mur, un grand mur blanc, en plein sur Whittier. Il se souvint du rêve qu'il avait eu, cette forme rayonnante, cette fille sans visage. C'était Carmen. Une évidence. Mais qu'est-ce qu'il aurait pu faire, entuber le mektoub ? Il s'acharna sur le mur avec la démence, la rage et la tristesse d'un Edvard Munch du ghetto, une version hispanique et low-rider du *Cri*. Il avait représenté Carmen en jeune fille candide, rayonnante de beauté, et qui pointait un doigt vers le passant, le quidam : « POURQUOI ? » inscrit en énormes lettres rouges, des blocks letters, un relief qui crevait la voûte céleste. Le visage de Carmen ne manifestait aucune haine. Simplement de la peur et de l'incompréhension.

Peur de ce monde froid. 1976-1996. REP. One Love. Jamais le ghetto ne pourrait oublier ce visage, cette fresque gargantuesque, cet hymne à la vie, cet ultime baiser graphique, épicentre de la violence aveugle d'East Los Angeles. Alors qu'il rangeait ses bombes, il vit des filles du quartier pleurer, les copines de Carmen. Teresa était avec sa mère, le corps plié de sanglots. La Chevrolet de Pretty Johnny pila devant le dessin. Le gangster sortit, accompagné de Big T et de Lil'Manny. Il retira une bouteille de Old English d'un sac en papier brun, enleva le bouchon et en versa une rasade sur l'asphalte. Il but une gorgée et passa la bouteille à Hector. Hector aspergea le bitume et but une longue gorgée.

— Je suis vraiment désolé pour ta sœur, *carnalito*. Il leva les yeux vers la fresque : C'est mortel. Qu'elle repose en paix… On va les exploser, ces bâtards de Fils du Sang. On va les virer de notre territoire. Vas-y, mec, t'as qu'un mot à dire et tu fais partie de la *familia*, les Locos, à la vie à la mort.

— Je sais pas, Pretty Johnny…

— Putain, ta sœur se fait dessouder par ces fils de putes et tu restes là sans rien faire, cracha Big T.

— On est même pas sûrs que ce soit les Fils du Sang, riposta Hector, dont la rage commençait petit à petit à se frayer un chemin hors de ce corps anesthésié par l'herbe.

— On s'en branle, *puto*, quelqu'un doit payer. T'es même pas capable de faire ça pour ta sœur, t'es qu'une pédale…

Hector arracha la bouteille de Old English des mains de Lil'Manny et la fracassa sur le crâne de Big T.

— Quoi, moi, je serais pas là pour ma sœur ? T'es dingue, *puto* ! hurla Hector.

Big T était par terre, assommé, le cuir chevelu éraflé, il pissait le sang et se tortillait comme un ver, dans une flaque de bière maltée. Hector lui mit deux coups de pompe dans les côtes. Ses yeux brillaient. Pretty Johnny hocha la tête et sourit.

— Voilà, calme-toi, il a son compte. T'es un tueur, mec. J'ai vu ton regard quand tu lui as foutu une branlée.

— Je veux me faire tatouer l'emblème des Locos. Juste à côté de celui de ma sœur.

— Okay, *ese*. On va faire venir le meilleur tatoueur du quartier. T'es sûr de toi, mec ? Je veux dire, tu as déjà entendu parler des rites initiatiques ? C'est pas un jeu, *carnalito*.

— Je m'en bats les couilles, lâcha Hector.

— Mon *carnal*, lâcha affectueusement Lil'Manny tout en faisant le signe des gangs avec son index tendu et le majeur replié. Bon, faut qu'on emmène Big T chez le toubib, il a besoin de quelques points de suture.

Lil'Manny rigola et fit le signe du gang. Hector l'imita.

— À plus tard, terreur, dit Manny.

— À plus, mec.

Ils aidèrent Big T à entrer dans la voiture. La Chevy ronronna amoureusement avant de disparaître sur le boulevard. Le soleil de L.A. donnait à la fresque d'Hector une dimension presque surnaturelle. L'interrogation posthume de Carmen allait hanter longtemps les habitants de ce quartier.

*

Pendant que Ricardo Montalvez marquait des points, plusieurs de ses plus redoutables adversaires s'étaient retrouvés avec des enveloppes en papier kraft dans les mains contenant des photos compromettantes. L'ogive Ginger continuait à faire de sacrés dégâts. Garcia passait ses nuits dans les lieux de vice de L.A. Il n'était pas inquiet pour Ricardo. Les candidats démissionnaient à la chaîne. Quand ce n'était pas Ginger, c'était des jeunes Mexicaines de quinze ans qui se retrouvaient dans les piaules, dans les pieux des politicards, épieu dans le cœur même de leur campagne.

Raoul et Paulo s'arrangeaient toujours pour immortaliser la scène avec un caméscope Sony ou une caméra planquée dans le minibar. Garcia regrettait la perte de son fidèle soldat Frank Nitty, mais le Baron savait que Nitty avait commis une faute impardonnable : on ne tue pas la sœur d'un flic, on ne fait jamais de mal à la famille d'un flic, ce n'est pas bon pour les affaires. Les flics, on peut toujours les acheter. Mais si on touche à leur famille, c'est fini, car, chez eux, la famille passera toujours avant les affaires. Et Garcia respectait cet état d'esprit. Pauvre Nitty, il avait vraiment déconné à plein tube. Un type si prometteur. De toute façon, il aurait été obligé de se débarrasser définitivement de ce mec. La presse racontait que Nitty était le baron de la drogue d'East Los Angeles, qu'il avait fait exécuter Snake, Armando et Octavio. La pendaison d'East Los Angeles, c'était soi-disant Nitty qu'il l'avait orchestrée. On avait collé tous ces crimes sur le dos d'un mort. Garcia sourit en décapitant un cubain dans sa limousine climatisée. La police avait trouvé cet arrangement. Grand bien leur fasse. Garcia sniffa une ligne de cocaïne et rigola. Les journaux avaient montré les photos du corps de Nitty découpé à la machette. On accusait indirectement les Fils du Sang. Un détail que les journaleux ignoraient : la paire de menottes qu'on avait retrouvée sur la scène du crime. C'était un flic qui avait monté ce coup-là. Emilio Alvarez. Custer n'aurait pour rien au monde divulgué cette info, même à Garcia, et pourtant il graissait régulièrement la patte du commissaire. Un corrompu de première, celui-là. Mais le baron de la came n'était pas né de la dernière pluie. Il était né de la dernière tempête antédiluvienne qui avait frappé le Mexique à l'époque où les Aztèques contrôlaient les flux magnétiques de l'information virale. La coke le faisait tripper. Il but une gorgée de Courvoisier. Il demanda au chauffeur de s'arrêter dans une artère borgne de Venice. Raoul et Paulo s'apprêtaient à suivre leur patron mais Garcia leur ordonna de l'attendre dans la caisse. Il voulait être seul. Dans la cour de San Quentin, il marchait seul, au milieu des gangs nazis et des factions de l'Armée de la guérilla noire urbaine. Alors merde, il pouvait se promener tout seul au bord de l'océan. Les putes racolaient, les dealers vendaient, les gangs frimaient. Venice, la nuit, c'était un autre délire, un autre décor. Les surfeurs et les culturistes se barraient et les gangs rappliquaient. Garcia s'assit sur un banc et se sniffa un gramme d'Angel Dust. Il accompagna la poussière d'ange d'un gramme de coke pure à quatre-vingt-quinze pour cent. Il se leva et marcha dans la foule des maraudeurs de minuit, putes, macs, trafiquants, receleurs, hustlers, repris de justice. Il avait l'impression que l'océan s'ouvrait en deux, qu'il était un putain de Moïse cocaïné qui fuyait l'armée toute-puissante de Pharaon. Les nouveaux Hébreux, c'était ces pauvres Mexicains réduits en esclavage par Pharaon. Mais l'océan s'ouvrait, *ese*. Le Pacifique, mon cul, Garcia parlait du Jourdain, de la Terre promise. Il était l'élu. Les dealers étaient sur le cul.

Deux petites frappes s'approchèrent de lui. Qui était ce putain de Mex en smoking qui parlait tout seul ? Il puait le pognon. Mais il avait l'air de n'avoir peur de rien. Les deux petits caïds hésitèrent, puis le plus costaud s'avança vers Garcia.

— Hé, mec, t'as pas un peu de monnaie ?

Garcia regarda le petit *vato*, sourit et dit :

— L'océan s'est ouvert en deux, mon frère.

— Quoi ? De quoi tu parles, négro* ? Il regarda la masse mouvante et sombre de l'océan : T'es complètement à côté de la plaque, mec. Aboule ton pognon, négro.

Il fit jaillir la lame de son couteau à cran d'arrêt.

L'autre voyou s'était rapproché. Garcia alluma un nouveau cigare et envoya la fumée dans la gueule du petit caïd.

— Mec, Moïse a un plan pour cette ville.

« Qui c'est ce type ? » voulait dire l'autre voyou, mais la stupéfaction empêchait le moindre son de sortir de sa bouche...

— Moi, mon plan, c'est de te soulager de ton fric, négro, dit la jeune caillera en avançant, couteau à la main.

Garcia sortit son Beretta et tira deux balles dans la tête du jeune voyou. Seize piges à tout casser. La déflagration avait illuminé la pénombre de la promenade de Venice Beach. La cervelle du jeune Noir maculait le revêtement de la promenade de Venice. Les gens couraient, d'autres gueulaient. Son pote ne réclama pas sa monnaie. Il détala comme une version plus jeune de Jesse Owens. Garcia marcha tranquillement. Les plus durs des membres de gang étaient tétanisés. Personne n'osait établir de contact visuel avec lui. Raoul et Paulo marchaient rapidement dans sa direction, le calibre pendant sur la cuisse. Ils l'escortèrent jusqu'à la limousine. Dans la caisse qui filait dans la nuit chaude et étoilée de Los Angeles, Garcia se fit une nouvelle ligne de coke. Il regarda à travers la vitre teintée. L'océan s'était séparé en deux.

37

Freestyle, le tatoueur, gravait dans la chair d'Hector la beauté éternelle de Carmen. L'aiguille faisait mal et Hector avalait des gorgées de whisky pour tenir le coup. Mémoire épidermique. Une nouvelle peau. Sa poitrine brûlait. Freestyle avait terminé le portrait de Carmen, et il avait déjà commencé à dessiner le L des Locos sur l'avant-bras droit d'Hector. Pretty Johnny fumait un bédo, Big T ressemblait à une momie égyptienne avec l'épais bandage qui lui recouvrait le crâne, il jetait des regards noirs en direction d'Hector.

— Qu'est-ce qui t'est arrivé, mec ? lui demanda Freestyle. T'es passé sous un semi-remorque ?

— Vas-y, lâche-moi…

Lil'Manny faisait une série d'haltères, allongé sur la moquette de la boutique du tatoueur. Freestyle était une BD ambulante : chaque centimètre de sa peau était recouvert d'un signe, d'un symbole, d'un petit personnage, d'une fantaisie calligraphique.

— On va aller dans l'arrière-cour, dit Pretty Johnny. Les choses sérieuses ne font que commencer. La vie est une pute, faut savoir la prendre en levrette.

Lil'Manny se leva et admira ses biceps dans le miroir du tatoueur.

— Mec, tu vas exploser un de ces quatre, lâcha Pretty Johnny.

— T'inquiète, j'arrêterai quand je serai plus balaise que Terminator.

Il tira une taffe du joint qui circulait. Hector avait l'impression de vivre la vie d'un autre type. Tout ça avait l'air si irréel. Il regarda son tatouage dans la glace. Sa sœur était morte. Quelqu'un devait payer. Que son frère flicard fils à sa maman aille se faire mettre. Nique le monde.

— Nique le monde, dit Pretty Johnny comme s'il avait lu dans les pensées d'Hector.

— Nique le monde, dit à son tour Hector, suivi de Lil'Manny, de Big T et du tatoueur.

Le biper de Pretty Johnny sonna. Pretty Johnny déchiffra difficilement le message. Il avait arrêté l'école en sixième.

— Les gars viennent d'arriver, annonça Pretty Johnny.

Le tatoueur massa le bras et la poitrine d'Hector avec une lotion apaisante et cicatrisante.

— Ce tatouage, c'est pas de la rigolade, lança Pretty Johnny. Il se mérite. On vit pour lui, parfois on meurt pour lui. Et quelquefois on tue pour lui.

Hector encaissa. Les Locos l'escortèrent jusqu'à la cour. Une dizaine de membres s'étaient rassemblés pour l'occasion. Ils portaient des bandanas, des pantalons cartonnés et des baskets blanches. L'œil dur, la rétine adamantine, la mâchoire crispée, la jeunesse dingue et insolente, ils attendaient de voir si le petit *vato* était digne de rentrer dans leur famille.

Ce fut Pretty Johnny qui ouvrit les hostilités. Sa droite faillit coucher Hector du premier coup. Hector glissa, se releva très vite et une forêt de bras s'abattit sur lui. Dans la mêlée, il n'arrivait même pas à identifier les types qui l'allumaient : coups de genoux, coups de poings, coups de pompes, coups de coudes. Il rendit coup pour coup jusqu'à ce que l'épuisement et la douleur le propulsent au bord du ring, K.-O. total, titanesque, herculéen. Il insulta les gangsters, il vacillait, pissait le raisiné, mais la rage contrôlait maintenant la moindre de ses cellules, la moindre molécule, la moindre particule qui participait à la bonne marche de son système vital. Le sang qui coulait dans ses veines était pollué. L'air que ses poumons respiraient était vicié. C'était trop, la mort de Carmen lui avait niqué les neurones. Big T lui envoya une dernière droite et il mordit la poussière. Il avait réussi le test. Il le voyait dans les yeux des *carnals*. Il avait encaissé comme un homme. Pretty Johnny l'aida à se relever et lui donna une bouteille de Old English. Il essuya le sang qui maculait son visage du revers de sa chemise et but une gorgée de bière maltée.

— T'es pas beau à voir, *carnalito*. Mais t'es presque des nôtres maintenant.

Hector avait le visage tuméfié, ecchymoses de rebelle avec une juste cause, hématomes atomes de douleur, affolement des chromosomes.

— Le plus dur reste à faire, je te préviens, *carnalito*. Ça va être le pire moment de ta vie.

— Tu crois, mec ? Le pire moment de ma vie, c'est chaque seconde où ma sœur me manque. Le reste, je m'en bats les couilles.

Pretty Johnny hocha la tête.

— Reste là, je vais chercher une voiture.

Il revint quelques minutes plus tard au volant d'une Cadillac marron. Il fit un signe de tête à Hector. Celui-ci marcha jusqu'à la voiture, suivi par Big T et Lil'Manny. Hector s'assit à la place du mort. Les deux autres prirent place sur la banquette arrière. Pretty Johnny sortit un Smith & Wesson calibre 38 de la boîte à gants. Hector connaissait la suite. Ça s'appelait un drive by shooting. Le jeu consistait à rouler en caisse, à choisir un type dans la rue, au hasard, et à l'allumer, lui vider son chargeur dans le buffet. Hector respira fort. Beaucoup de tueurs à L.A. avaient fait leurs premières armes dans des bagnoles ivres, dans ces nuits vacillantes du ghetto Killa-fornien. Hector fit un signe de tête et la Cadillac fendit silencieusement les eaux troubles d'East Los Angeles. Hector regardait ces rues défiler, ces rues qu'il avait tant de fois arpentées, à pied, à vélo, en skate. La nuit était belle, douce. Aucun oiseau du ghetto dans le ciel. Ils longèrent Whittier Boulevard. Les lascars occupaient leurs turfs, économie parallèle à l'enfer, perpendiculaire au désespoir. Un type venait juste de sortir de chez l'Arabe. La quarantaine athlétique. Il portait un pack de six bières et un carton de beignets.

— Lui, là, le mec qui sort de chez l'Arabe… Fume-le.

La voiture glissa sur l'asphalte, puis Pretty Johnny braqua à fond et tourna sur le boulevard. Le type au pack de bières cherchait les clés de sa voiture. Il avait déposé les bières et les beignets sur le capot de sa Pontiac. Quand il fut à sa hauteur, Hector baissa sa vitre et cria :

— Hé ! *Puto* !

Le type leva la tête et vit un jeune Latino sortir la tête de la vitre et pointer un 38 dans sa direction. Putain, c'était le frère d'Emilio. Il ouvrit la bouche pour dire quelque chose mais deux balles lui arrachèrent la mâchoire. Une autre le toucha au niveau de la pomme d'Adam. Il s'affaissa sur le capot de sa voiture. Un autre type sortit comme un éclair de chez l'Arabe. Il regarda

Hector, un regard d'une fraction de seconde, et dégaina son flingue. Il tira une balle. Pretty Johnny écrasa la pédale d'accélérateur. Une autre balle explosa la vitre arrière de la Cadillac. La cervelle de Big T arrosa le siège conducteur et la vitre du côté de Lil'Manny. Pretty Johnny roulait à tombeau ouvert.

— Putain, Big T... Merde. C'était qui ces types ? demanda Lil'Manny d'une voix geignarde.

— Rien à foutre, mec, cracha Pretty Johnny. Hector est un tueur maintenant, il est des nôtres à la vie à la mort. *Locos para siempre !*

Hector et Manny répétèrent l'invocation guerrière. La voiture fila dans l'avenue.

Le lieutenant Carson se précipita sur son collègue. Jiménez ne respirait plus. Il l'avait étendu sur le bitume, pendant que l'Arabe appelait le 911. Carson ouvrit la portière de la Pontiac et agrippa la radio de police.

— J'ai un officier à terre, 2245 Whittier Bd, je répète, officier à terre. Les tueurs sont dans une Cadillac marron. Ils sont quatre. Le tireur s'appelle Hector Alvarez, il est armé et extrêmement dangereux.

Quand Carson coupa la radio, le lieutenant Jiménez était mort depuis déjà plusieurs minutes.

38

Les oiseaux du ghetto survolaient la zone militarisée d'East Los Angeles. Les flics quadrillaient le secteur. Les faisceaux lumineux des hélicoptères balafraient les rues, les ruelles, les arrière-cours, les jardins des pavillons délabrés. Dans la Cadillac volée, Pretty Johnny ordonna à Lil'Manny de fermer sa putain de gueule. Bien sûr qu'il fallait se débarrasser du corps de Big T. Mais fallait trouver un endroit décent. Big T était un Locos, pas un déchet. Pour décompresser, il demanda à Hector de lui rouler un bédo. Il mit la radio et chercha une station de hip-hop.

— Flash spécial… Ici David Martinez en direct de Whittier Bd, East Los Angeles. Un officier de police, le lieutenant Raymond Jiménez, quarante et un ans, a été abattu cette nuit par Hector Alvarez, un adolescent du quartier dont le frère Emilio fait partie de la police de Los Angeles. Bruce Carson, du LAPD, était dans l'épicerie quand il a entendu des coups…

Pretty Johnny coupa la radio.

— Merde, t'as fumé un flic.

Il était livide. Hector tira sur son joint.

— Ça va grouiller de flics dans pas longtemps, dit Johnny.

Il sortit du véhicule, ouvrit la portière arrière et poussa le corps sans vie de Big T dans le caniveau. Il fit le signe du gang.

— Désolé, *carnal*… Faut que j'aille brûler la caisse et me débarrasser du flingue.

Hector sortit de la voiture.

— Tu fais quoi, mec ? On est à plus de cinq kilomètres du tiéquar. À cette heure-ci, à pinces, putain, les flics ont vite fait de t'alpaguer.

— J'ai une planque pas loin. Allez-y, les gars. *Locos para siempre.*

Hector lut de l'amour dans le regard de Pretty Johnny.

— *Locos para siempre*… Fais gaffe à toi, *carnalito.*

La voiture disparut dans la nuit.

*

Emilio parcourait ces rues familières dans l'espoir de trouver son frère avant la police. Il suait à grosses gouttes, son estomac était anormalement contracté. Les oiseaux du ghetto perforaient l'obscurité menaçante des arrière-rues avec leur puissant faisceau lumineux. Emilio écoutait la fréquence de la police. Son frère était appelé « tueur de flics » et l'on proposait cinquante mille dollars à la personne qui pourrait mener à son arrestation. Les keufs étaient remontés. Les assassins de flics arrivaient rarement devant une cour d'assise. C'est pour cela qu'Emilio passait le quartier au peigne fin. Mais Whittier Bd est une avenue tentaculaire. La fréquence de la police cracha une information importante : on avait retrouvé le cadavre d'un jeune Latino pas très loin de l'épicerie tenue par l'Arabe. Il s'était pris un pruneau dans la cafetière. Anthony Lopez, *aka* Big T. Le type que Carson avait allumé. Emilio soupira de soulagement. Son frère était encore en vie. Merde, les Locos avaient finalement réussi à l'intégrer dans leur gang à la con. Emilio avait déconné quelque part dans sa relation avec son petit frère. Pas évident, avec un père incarcéré.

Hector était dans sa planque, dans les anciens abattoirs. Il y stockait ses bombes. Celles qu'il volait régulièrement chez tous les marchands de couleurs de L.A. Il savait qu'il risquait perpète, voire la chambre à gaz. Il respira bruyamment et ramassa un sac bourré à craquer de bombes aérosol. Une formidable envie de peindre s'empara de lui. Le mur de l'abattoir était grand et éclairé par une rangée de néons blafards. Il voulait extérioriser des démons, faire baver sa culpabilité sur cette surface grise et lézardée, pulvériser ses traumas, donner du relief à son immense désespoir. La psychose en trois dimensions. Il peignit des tours, des guêpes aztèques, des super-héros dotés d'exosquelettes*, des vilains masqués et torturés, des phrasés tortueux. Il entendit le bourdonnement des frelons mécaniques qui ratissaient le secteur. Il en avait encore pour un bon quart d'heure. Il graffa rageusement son blaze sur la matière à vif de ce mur qui gardait la mémoire convulsive d'East Los Angeles. VADOR… VADOR… VADOR… VADOR… Le retour du Jedi dans les rues du ghetto, le côté obscur de la Force, L.A. se profilait en arrière-plan, cité de verre, de quartz, de métal, métal hurlant comme un Faucon Millenium lâché dans l'espace sidéral. Il se dirigea vers la cabine téléphonique de l'autre côté de la zone industrielle et bipa Emilio. Il s'assit près de la cabine téléphonique, en lotus, la retraite du métèque, la dernière fois que vous entendrez ce genre de dialecte, de la peinture bien concrète, pas de la merde abstraite.

La sonnerie du biper déchira les entrailles d'Emilio. Il freina sec et déchiffra le numéro. Un numéro qu'il ne connaissait pas, mais qui portait l'indicatif de la zone d'East Los Angeles. Il roula à toute blinde jusqu'à ce qu'il trouve une cabine téléphonique. Il composa le numéro. Au bout de deux sonneries, Hector décrocha.

— C'est toi, frérot ?

— ...

— Frérot ? C'est toi ?

— Emilio, j'ai découvert ce soir que je pouvais aller jusqu'au bout de ma folie... Les types du quartier ont toujours pensé que je ne pourrais jamais changer... Que j'allais rester Hector le mec cool, l'artiste qui se fait dépouiller de son déjeuner au lycée.

— T'es où, *carnal* ? Fais pas de conneries, mec... Je vais venir te chercher. Cache-toi en attendant... T'es où ?

— Aux anciens abattoirs. Je suis en train de peindre... Dis-leur que je ne suis pas armé et que je me rends.

— Okay. Parfait. Emilio respirait douloureusement : Je vais venir te chercher. Mon frérot Hector.

— Hector Vador...

— Ouais, Hector Vador... Il étouffa un sanglot.

— Je t'aime, Emilio.

— Je t'aime, *carnal*.

Emilio raccrocha, essuya les larmes qui brûlaient sa vue et fonça vers les abattoirs.

Il se brancha sur la fréquence de la police et parla dans le micro :

— Hector Alvarez n'est pas armé et il a l'intention de se rendre... Je répète, ici l'agent Emilio Alvarez... Je répète, mon frère n'est pas armé et il va se rendre.

Hector finissait de peindre une cathédrale en flammes prise d'assaut par des gargouilles héroïnomanes quand le faisceau de l'hélicoptère l'aveugla. Il continua de peindre. La voix dans le haut-parleur lui disait de mettre les mains sur la tête et de s'agenouiller. Deux voitures de patrouille surgirent dans la zone industrielle, les pneus crissaient, les sirènes hurlaient. Les voitures freinèrent et quatre officiers pointèrent leurs flingues dans la direction de l'artiste délinquant. Le sniper planqué dans l'hélico avait la tête d'Hector bien centrée dans son collimateur. Son doigt chatouillait la gâchette.

— Les mains sur la tête et tu te mets à genoux… Lâche ce que t'as dans la main…, hurla l'un des képis.

Hector leur tournait toujours le dos.

— C'est des bombes de peinture… Je suis pas armé.

— Lâche ces trucs tout de suite ! cria l'officier du LAPD.

— C'est cet enculé de tueur de flics, cracha un autre condé sur la fréquence radio.

Puis il se remit à braquer Hector.

— Les mains sur la tête…, gueula le flic.

Hector se retourna. Les quatre flics firent feu en même temps, criblant son corps de plus de quarante et une balles. La tête du jeune Chicano explosa, la balle du tireur d'élite avait accompli son job. Quand Hector s'affaissa sur l'asphalte, sa bombe aérosol roula jusqu'aux pieds de l'un des flics. Il poussa du pied le corps ensanglanté du jeune graffeur, tout en continuant à le braquer. Il fit un signe à ses coéquipiers.

— Il a son compte, dit-il. Charlie, passe-moi le 38.

Le dénommé Charlie, un jeune flic rougeaud et robuste, apporta le revolver soigneusement rangé dans un mouchoir de poche. Il le donna à l'officier Stevens.

Celui-ci s'agenouilla, et plaça l'arme dans la main d'Hector.

— Ce connard s'est retourné brusquement, un calibre à la main, il ne nous a pas laissé d'autre choix que de l'abattre, lâcha Stevens d'une voix dure, en regardant droit dans les yeux la nouvelle recrue.

Charlie se massait le cuir chevelu, il était gêné.

— Salopard de tueur de flics, cracha un des officiers qui avaient participé à la fusillade.

Emilio arriva exactement deux minutes trente après la fusillade. Sa voiture précédait un convoi d'une vingtaine de véhicules du LAPD. Il se précipita vers l'endroit où gisait le corps de son frère. Il vit la fresque, sublime, la substantifique moelle du ghetto, l'épine dorsale de la rue, l'essence du spleen des bas-fonds. Il s'agenouilla près du corps de son frère et hurla. Il aperçut le flingue dans la main refermée. Il se retourna vers les autres flics.

— *Putos*, vous l'avez abattu comme un chien, il n'était pas armé…

Il s'écroula en larmes. Custer l'aida à se relever et l'entraîna vers sa voiture, pendant que les types de la morgue déballaient le sac à macchab.

*

Frank Castle avait passé une bonne partie de la journée à se biturer dans un bar à flics du côté d'Almareda. Sa femme avait essayé de le joindre, en vain. Il était ensuite passé à un appart que les flics utilisaient comme planque et avait dormi plus de cinq heures. Au réveil, il avait avalé un litre de caféine et pris une douche. Il avait appelé sa femme et son fils pour leur expliquer qu'il rentrerait tard dans la nuit. Le boulot. Michelle lui avait demandé de passer au supermarché et de faire quelques emplettes. Aussi, il était à présent sur le parking désert d'un *safeway* avec un sac en papier brun bourré de provisions dans les bras. Il était une heure du mat.

Une voiture, une Plymouth vert olive, venait juste de quitter le parking, la radio branchée sur une station qui diffusait de la bonne vieille soul des familles. Castle reconnut *Out Of Different Bags*, de Marlena Shaw, une voix suave qui coulait comme du caramel chaud dans la gorge de la chanteuse. La section rythmique accomplissait un formidable travail d'accompagnement, les affinités électives, ouais, c'était probablement ça. Il ne remarqua pas la Chevrolet Impala garée au fond de l'allée, pas plus que les trois Chicanos qui squattaient l'habitacle, roulaient des *blunts* en se partageant une bière Old English. Le type assis à la place du mort, avec deux barreaux sciés tatoués sur l'avant-bras, plissa les yeux en voyant le Noir baraqué passer juste devant la Chevy. Il éteignit la radio, interrompant *How I Could Just Killed a Man*, de Cypress Hill. La voix nasillarde de B-Real, le chanteur, se mariait à merveille avec l'instru erratique concocté par DJ Muggs. Les deux autres Mex râlèrent.

— Fermez-la ! Le mec, là, c'est le salopard de condé qui m'a filé un grand coup de latte dans le dos et qui nous a piqué notre fric et notre beuh…

— T'es sûr ? demanda le conducteur, intrigué.

— T'oublies pas un salopard qui te démonte la gueule alors que tu portes des pinces…

Le type aux barreaux tatoués jaillit de la caisse tel le diable de Tasmanie dans un dessin animé, au moment même où Castle allait poser le sac sur le bitume et chercher ses clés de bagnole. Il entendit le bruit caractéristique d'un chargeur qu'on glisse dans le magasin d'une arme.

— Hé, *puto*, tu me remets ?

Le type parlait avec un léger accent espagnol.

Avant même que Frank puisse esquisser la moindre parade, la crosse de l'arme s'abattit sur la base de son crâne, éraflant salement le cuir chevelu. Le sang coula abondamment sur son T-shirt. Il tomba lourdement, sonné par la violence du coup.

— Hé, *puto*, tu te souviens de moi ? cracha le vendeur de weed.

Il pointait un petit automatique sur le visage grimaçant de Castle. Les deux autres botanistes arrivèrent dare-dare, ils n'étaient pas armés. Le Mex aux barreaux, Ramon, fouilla les poches de Castle. Pendant ce temps, les autres jetaient des coups d'œil furtifs et alarmés aux alentours. Ramon arracha le Glock de Castle à son étui, ainsi que sa plaque et son portefeuille.

Le flic commençait à reprendre ses esprits, se tenant le crâne à deux mains.

— *Puto*… Tu fais moins le malin maintenant, ricana Ramon.

— Déconne pas, *homie*, ce type est un flic, dit le conducteur de la Chevy.

— Ce *puto*, c'est pas un vrai flic… Il fait juste partie du plus puissant gang de la ville : L.A.-PÉDÉ.

Les trois Mex rigolèrent.

— Voyons comment s'appelle ce crevard, dit Ramon en déchiffrant la pièce d'identité du flic. J'aime connaître le blaze d'un mec avant de le fumer.

Une photo tomba sur l'asphalte du parking : Eddie, le petit garçon de Frank riait aux éclats. Le Mexicain se baissa et ramassa l'image qu'il examina avec un sourire en coin.

Putain, grogna Ramon, ça va être dur de grandir sans paternel. Il regarda de nouveau la pièce d'identité : Frank Castle, c'est donc ça ton blaze…

Il lui décocha un violent coup de pied dans les côtes. Ses deux *homeboys* se déchaînèrent sur le policier pendant ce qui parut à Castle une éternité.

— Ça t'apprendra à nous piquer notre verdure, lâcha l'un des botanistes.

— Hé, arrêtez les mecs ! gueula Ramon.

Y avait un truc. Frank Castle, ça lui disait vaguement quelque chose. Il tria les milliers de disquettes qui encombraient le disque dur d'une mémoire passablement esquintée par la médecine douce. Ce mec a un physique de quarterback… Frank Castle ! Université de San Diego. Mais merde, c'était le mec qui jouait au foot en universitaire avec son grand frère Carlito. Carlito n'arrêtait pas de lui parler de ce type, comme quoi il lui avait pas mal rendu service dans le temps, même après que Carlito se fut niqué le genou et qu'il tombe dans la dope. Le foot, c'était fini pour lui. Terminé direct la prometteuse carrière d'athlète de haut niveau qui s'offrait à lui. L'autre était devenu flic mais n'avait pas oublié son camarade de jeu. Une grande tristesse sembla envahir le visage de Ramon. Il secoua la tête et rangea son flingue dans la poche arrière de son futal. Ses potes étaient perplexes.

— La vie est dingue, quarterback, lâcha le Mexicain.

Castle réussit à se mettre en position assise. Il avait le visage tuméfié. Des yaourts et des bouteilles de jus de fruits éclatés jonchaient le sol du parking.

— Carlito me disait souvent que t'étais un putain de dur à cuir. Il me racontait plein d'histoires sur vous deux, à la fac et tout le bordel…

Il lui rendit sa plaque, son flingue, le portefeuille et la photo.

— Il… va… comment Carlito ? articula péniblement le flic noir.

— On l'a retrouvé dans les chiottes d'un motel avec une seringue dans le bras… Son dernier trip, mec.

Ramon expira profondément et s'en alla vers la Chevy, suivi par ses deux acolytes. Castle prit son portefeuille, en sortit la photo de son fils et la serra fort contre son visage. Il pleurait tandis que la Chevy démarrait en trombe, avec un filet de rap qui s'échappait des vitres, *Hand On the Pump*, de Cypress Hill.

39

Un an après.

Emilio venait juste de sortir de l'hospice où sa mère occupait une petite chambre triste et grise. Il n'aimait pas cet endroit. Un endroit qui puait la mort et l'ammoniaque. Après la mort brutale de Carmen et d'Hector, Marlena avait sombré dans la dépression et dans un mutisme abyssal. Il s'engouffra dans sa Pontiac et roula dans les rues de Los Angeles. Des chantiers partout, des affiches géantes avec la tête de Ricardo Montalvez. Le nouveau maire de L.A. Aujourd'hui, Montalvez allait inaugurer un nouveau centre de désintoxication sur East L.A., et un after aurait lieu un peu plus tard dans la soirée, sur Bunker Hill.

Un centre de désintox. Il rigola. Avec Alfredo Garcia promu en conseiller spécial, cette ville n'était pas prête de se désintoxiquer. Emilio but une gorgée de Heineken, regarda dans le rétro pour voir si la flicaille ne rôdait pas. Il avait démissionné de la police, repris ses études à UCLA et obtiendrait bientôt son diplôme d'avocat pénaliste. Il travaillait à mi-temps comme archiviste dans une bibliothèque du centre. Il décrochait progressivement de la violence, des scènes de crime, des vendeurs de dope. La prochaine fois qu'il aurait affaire à un trafiquant, ce serait en tant que défenseur, et non plus en justicier. Pour mieux comprendre ce système qui broie les individus. Pour essayer de sauver tous les Hector, Frank Nitty, Snake, Armando, Octavio, Big T de cette ville, de cette putain de planète aztèque qu'était East L.A. Même s'il était convaincu que tout cela ne servait à rien, que la rue continuerait de voler, d'arracher des vies, sans cesse. La guerre des rues ne s'arrêterait jamais. Les soldats pouvaient tomber, mais ils seraient vite remplacés par d'autres fantassins de la dope. Dès qu'un dealer quittait son banc, un autre s'y installait. Le circuit de la dope a horreur du vide. Parfois, il poussait jusqu'aux abattoirs et contemplait le chef-d'œuvre inachevé d'Hector Vador ; il était fier de constater que pas un tag, pas un toy n'était venu profaner cette œuvre viscérale. Son frère, dans la mort, et via l'art des rues, jouissait d'un respect total dans le ghetto. Emilio roula une heure. La nuit tombait. Il commanda un dîner ultracalorique chez Fatburger. La nuit était jeune. Dorothy l'avait quitté. Il était libre. À la fin de la nuit, il se retrouverait fatalement au pieu avec une inconnue qui partirait le lendemain sur le coup de midi, elle oublierait probablement un collant ou un rouge à lèvres, et laisserait un mot à la con, du genre, c'était sympa mais inutile d'aller plus loin. Il sourit. La nuit était douce. Ce soir, des jeunes types allaient mourir dans les rues de cette ville mais, la douceur de l'air, l'odeur des eucalyptus, la flamboyance du soleil qui se lovait mollement au cœur de l'océan, tout cela concourait à créer une atmosphère de sérénité et de bien-être. Ne serait-ce que quelques minutes avant que les trafiquants ne s'explosent la gueule à coups d'Uzi. Il roula jusqu'à Bunker Hill. Une superbe maison coloniale crânement perchée sur la colline. Le ballet des voitures de luxe était impressionnant. La Pontiac pourrie d'Emilio gravit la colline. Il s'arrêta sur le trottoir en face de la somptueuse baraque. Il fuma une Newport. Les filles étaient canon. La haute société venait se presser au portail du maire chicano, on voulait voir à quoi ressemblait ce métèque gominé qui contrôlait la ville. C'est alors qu'un type, la cinquantaine, en smoking, sortit prendre l'air sur le perron, il était accompagné d'une blonde peroxydée, pas mal de peuple au balcon. Il saupoudra les seins de la fille de coke et fourra sa tête dans son décolleté, icône coke au goût de silicone. Il sniffa une éternité et se redressa fièrement. Il coupa l'extrémité d'un cigare cubain avec ses dents, tandis que la botoxicomane qui l'accompagnait se badigeonnait de fond de teint. Quand le regard d'Alfredo Garcia vint se poser sur le visage impassible d'Emilio, l'ex-flic ne lut ni peur ni angoisse dans les traits du pape de la coke. Le baron de la came sourit. Sa pute peroxydée, cocaïnée jusqu'à la moelle, s'était blottie contre lui. Ce type est un politicien, maintenant, pensa Emilio. Garcia continuait de fixer Emilio, la bouche arrogante, le cigare imposant, la lourde montre en or à son poignet, le crucifix de platine qui pendait sur sa poitrine velue. Emilio hocha la tête et jeta un œil au siège passager, sur lequel il avait jeté un Beretta 9 mm. Un flingue qui datait du temps où il était un inspecteur de la brigade des stups d'East Los Angeles. Une époque révolue. Il regarda de nouveau Garcia. Arithmétique du crime, stratégie de la terreur, poli-trique, ça ne pouvait être que ça finalement. Le sexe, l'argent et le pouvoir.

La sainte Trinité. Il avait un plan pour cette ville. Emilio soupira. Ce type s'était greffé une putain de Géhenne climatisée dans les tripes. Ça se voyait comme un pif au milieu de la tronche. Ça suintait du smoking, du cigare, de la belle montre, de la maison coloniale. Ce soir, les criminels portaient de beaux costards et allaient signer des contrats juteux. Les politicards allaient les aider à blanchir des millions de dollars, la grande lessive du printemps. Ce soir, les grands crus bordelais allaient couler à flots et la coke siphonner beaucoup de crânes du gotha. La ville du crime allait une nouvelle fois s'endormir au milieu des cadavres et se réveiller parmi une horde de tueurs. La Cité des Anges déchus allait encore se farcir une sacrée gueule de bois. Garcia leva son cigare et salua Emilio. Emilio regarda le flingue, fit un signe de tête au Baron et démarra lentement. Garcia le suivait du regard, hypnotisé par cet ex-flic insomniaque. La Pontiac disparut peu à peu du champ de vision de ce fantôme qui se faisait appeler Alfredo Garcia.

Emilio sourit alors qu'il redescendait Bunker Hill. Il réalisa que tuer Garcia n'aurait jamais pu calmer la douleur qui comprimait sa poitrine, ses entrailles, son crâne. Il allait devoir vivre avec cette blessure, chaque jour que Dieu ferait. Il roula dans la Cité des Anges déchus, jusqu'à East Los Angeles. Il aurait pu conduire les yeux bandés tellement il connaissait chaque recoin, chaque anfractuosité du bitume. Ces rues, il les avait tétées jusqu'à plus soif, quand il était môme. Lorsqu'il passa devant le mur d'Hector dédié à Carmen, de chaudes larmes coulèrent sur ses joues mal rasées. Il fut pris d'un rire convulsif. Chienne de vie, pensa-t-il. Chienne de vie…

Il regarda les rues autour de lui comme s'il les voyait pour la première fois. Son quartier. Son barrio. Ce que certains appelaient l'enfer, il appelait ça chez lui.

FIN

Glossaire

Aka : Abréviation de *as known as* signifiant « aussi connu sous le nom de… ».

Blob : Liquide imaginaire popularisé par un film de science-fiction du même nom dans les années 80.

BPM : Battements par minute.

Crack head : Accro au crack.

Dos mouillés : Traduction littérale de *wetback*, terme méprisant utilisé par les agents de l'immigration pour désigner les immigrants illégaux qui traversent le Rio Grande au péril de leur vie.

Ese : « Mec », en argot mexicain.

Exosquelette : Squelette métallique et ultra-résistant dont sont dotés les personnages de comic books de science-fiction.

Free base : Cocaïne à l'état brut, avant raffinement.

Ghetto blaster : Énorme transistor portable muni d'enceintes très puissantes, très populaire dans les ghettos noirs et hispaniques.

Hermano : « Frère », en espagnol.

Jerrycurls : Petites nattes plaquées sur la tête.

KFC : Kentucky Fried Chicken, chaîne de restauration très populaire aux États-Unis.

Laid back : Technique d'infiltration mise au point par l'agent des stups new-yorkais Frank Serpico dans les années 70. Il s'agissait de se fondre dans la faune des dealers et des consommateurs en adoptant un certain code vestimentaire proche des gens de la rue.

LAPD : Los Angeles Police Department.

La Raza : Dans la culture mexicaine, on appelle « Raza » un certain héritage aztèque, associé à des valeurs très positives de fierté, respect, honneur, force, persévérance, courage, loyauté, etc.

Négro : Mot utilisé dans son sens argotique afro-américain qui, dans ce contexte, signifie « mec », « bonhomme ».

Pantalon cartonné : Pantalon en toile épaisse et rigide appelé aussi « khaki ».

Posait : « Poser » en argot graffiti signifie « peindre », « taguer ».

Posse : Terme utilisé pour désigner des groupes de cow-boys et de chasseurs de prime à l'époque de la conquête du Far West ; dans le ghetto ce mot est utilisé pour désigner une bande, un groupe, un gang.

Surin : Lame.

Suriner : Tuer.

Turf : Territoire spécifique et strictement délimité sur lequel un dealer organise son trafic.

UCLA : University of California, Los Angeles.

Vato : Terme argotique désignant un type de la rue.

Voiture Pie : Véhicule de patrouille.

Weed : Herbe.

Discographie

Ray Barretto, *Latino Con Soul*, 1967, United Artists

Kid Frost, *East Side Story*, 1992, Virgin

Boo Yaa T.R.I.B.E, *New Funky Nation*, 1990, Fourth & Broadway

Willie Colon, *Cosa Nuestra*, 1972, Fania Records

Delinquent Habits, *Tres Delinquentes*, 1996, RCA

Marlena Shaw, *Out Of Different Bags*, 1967, Chess/ Cadet

Cypress Hill, *How I Just Kill a Man*, 1991, Sony Music

Jeru The Damaja, *Wrath Of The Math*, 1996, PayDay

John Coltrane, *A Love Supreme*, 1964, Impulse

Ice Cube, *Death Certificate*, 1991, Priority Records

Lucha Reyes, *Pobre Changuita*, Réédition de 1998, Legacy Records

Eric Dolphy, *Iron Man*, 1963, Giants Of Jazz

Remerciements

Ma famille au Maroc – vous êtes trop nombreux pour être cités –, Geneviève et Mathilde des éditions Belfond pour la confiance et l'enthousiasme, la Strike Team (Christian et Orson Seranot), véritable hold-up mental, la vie est technique ! Dirty Dan, Rachid de 5 Styles (Continue !), Hamidal Lekter, Coke Star, The Truth Magazine, Oxmo Puccino, les quartiers sud de Paname pour l'inspiration quotidienne (avenue d'Ivry, porte de Choisy), ma ville, Ivry-sur-Seine (et son incroyable spot des Cormailles), tous les artistes d'Ivry. Les types de la presse spé, Vinz Pee, Arno Fresh, Mehdi Sabeur, Ill Bill et Necro de Brooklyn NY, Mon gars Guic et tous ses *homies* des quartiers chicanos de L.A., San Eyes, Tito, Jacqueline, Serena, Ornella, Lyvia, Olivier et Sandra, Sheidia d'Ivry, Séverine Peter, Mon gars Jay du L.E.S. (Lower East Side), toutes les boutiques de disques de Fulton Street à Brooklyn, à cette vieille dame de Compton BD qui m'ouvrit sa porte un après-midi de printemps, la meilleure limonade du monde chez Nathan à Coney Island, Felipe (le meilleur des mondes) de Mantes, Hakim, Membres Actifs, Leekash, Groove, Rap US, Seen de Rap Mag, Tallel Jackson, ma belle famille à Houston (Babai, Tahar...), à Annaba (Algérie), Fred, mes connexions à Marseille, Strasbourg, Mehdi, Anaïs, Brain Magazine, Manuel Lagos Cid et sa famille, John Banzain, Octobre Rouge, Magyd Cherfi, Patrick Cahuzac, Garance et Thomas d'Inventaire Invention, Frédéric Lavabre chez Sarbacane, Philippe Brizon de l'Entrepôt, Gallegos, Sat de la FF, Souleymane Diamanka, Rouda, Patrick Canigha, Olivier N'Guessan, Gratias, Dealyt, tous les vendeurs de bootlegs de Harlem, les chauffeurs de tacos sénégalais, les mecs des street corners qui m'ont raconté des histoires de tarés, tous les quartiers où j'ai traîné mes sneakers. Ce monde dingue qui m'inspire tous les jours. John Coltrane, Miles Davis…

One Love.

Composé par Nord Compo Multimédia
7, rue de Fives, 59650 Villeneuve-d'Ascq

Achevé d'imprimer sur les presses de

BUSSIÈRE

GROUPE CPI

à Saint-Amand-Montrond (Cher)
en août 2008
pour les Éditions Belfond

N° d'édition : B 04519. — N° d'impression : 082331/1.
Dépôt légal : août 2008.

Imprimé en France